Eine Gabi zu Weihnachten

Eine Gabi
zu Weihnachten

oder

Die verschlungenen Wege der Liebe im Schnee

von Alexander Fakoó

Bibliografische Information der Deutschen Nationalbibliothek:
Die Deutsche Nationalbibliothek verzeichnet diese Publikation in
der Deutschen Nationalbibliografie; detaillierte bibliografische
Daten sind im Internet über dnb.dnb.de abrufbar.

*Die automatisierte Analyse des Werkes, um daraus Informationen
insbesondere über Muster, Trends und Korrelationen gemäß §44b
UrhG („Text und Data Mining") zu gewinnen, ist untersagt.*

Herstellung und Verlag: BoD – Books on Demand, Norderstedt
Grafik / Umschlagseite: de.freepik.com
Foto: fakoo.de

ISBN: 9783758328473

Inhaltsverzeichnis

Auf dem Weihnachtsmarkt - 23. Dezember

Jürgen konnte heute schon um vier Uhr das Büro verlassen, sein Chef war schon zwei Stunden überfällig und gerade hatte er angerufen und erzählt, dass er im Stau steckte. Die Autobahn war zwar fast vor der Haustür, aber wer vor Weihnachten im Stau steckte... Jürgen checkte noch mal schnell im Internet, wo sein Chef wirklich war. Die Handy-Nummer hatte er ja, auch wenn sein Chef seine Rufnummer immer unterdrückte. Natürlich, das war ja klar! Von wegen Stau, dort wo die Anzeige blinkte, war nicht mal eine Bundesstraße. Er kannte diese Kleinstadt in den Bergen, sein Angelsee war dort in der Nähe. Und er wusste, dass dort auch Gabi wohnte. Sie war ihm auf dem letzten Betriebsfest aufgefallen, aber er hatte keine Chance, als sein Chef ihr den Hof machte. Gabi war eine bildhübsche Frau Mitte zwanzig. Eigentlich viel zu jung für seinen Chef, aber der konnte ja ganz andere Geschütze auffahren, von denen Jürgen nur träumte. Jürgen dachte an das kurze Gespräch mit ihr in der Garderobe und hatte schnell gemerkt, dass sie sehr intelligent war. Wenn sie also den Chef zu sich eingeladen hatte, dann sicherlich nicht aus Liebe.

Als er das Büro verließ, blies ein ordentlicher Wind, so dass er gezwungen war, seine Jacke bis oben hin zu schließen. Dieser Dezember-Wind immer, fuhr es ihm durch den Kopf. Er erinnerte sich an einige Fernsehberichte, die gerade ein paar Tage vor Weihnachten von Schneeverwehungen und Blitzeis berichteten. Zwar kam der Schnee dieses Jahr spät, aber die Luft war kristallklar und eiskalt. Wenn er jetzt direkt nachhause laufen würde, würde er wahrscheinlich zuhause keine Hand mehr regen können. Also machte er einen Umweg über den Weihnachtsmarkt. Der Stand mit dem Glühwein befand sich wie jedes Jahr an der linken hinteren Ecke, dort wo auch die Losbude stand. Gelost hatte er schon lange nicht mehr. Er hatte noch nie etwas gewonnen und glaubte nicht daran, dass im Lostopf überhaupt ein großer Gewinn steckte. Für einen Glühwein reichte sein Geld gerade noch und er begab sich etwas abseits an einen dieser Stehtische, um den heißen Becher abstellen zu können. Zaghaft umschloss er mit beiden Händen sein Getränk und spürte, wie die Hitze nicht nur seine Hände erwärmte. Nach ein paar tiefen Schlucken erfasste ihn auch eine innere Wärme, so dass er sich beherrschen musste, um nicht seinen Mantel auszuziehen.

Er musste wohl so eine Viertelstunde gestanden haben. Der Becher war noch nicht leer, aber es war wohl jetzt so, dass er den Glühwein mit seinen Händen erwärmen musste und nicht der Glühwein seine Hände. Von dort wo er stand, hatte er einen guten Blick zu den vier anderen Buden gegenüber. Er belächelte oft seine Mitmenschen, wenn sie stundenlang an den Bratwürsten anstanden oder noch schnell einen Nussknacker oder eine Pyramide als Weihnachtsgeschenk kauften. Jürgen hatte in seiner Wohnung am Stadtrand nicht mehr viele Weihnachtsfiguren, nachdem ihn seine Frau Anfang diesen Jahres verlassen hatte. Was sollte er auch damit. Seine Frau hatte es immer schön gefunden, in der Adventszeit die Wohnung voll zu stellen. Aber letztes Jahr am dritten Advent - nein, er wollte jetzt nicht daran denken. An der Spielzeugbude stand eine Frau mit ihrem kleinen Sohn und versuchte ihm klarzumachen, dass der Weihnachtsmann dieses Jahr keine Holzeisenbahn bringen würde. Als alles reden nichts half, zerrte sie den weinenden Jungen hinter sich her. Wie können Eltern nur so grausam sein? Aber war er nicht auch grausam, als er damals die Weihnachtsfiguren zerstörte?

Jürgen steckte seine Hände in die Manteltasche, der Becher war längst in der Mülltonne verschwunden. Es wurde Zeit, in den Nebenstraßen sein Auto zu suchen. Er hatte immer Probleme damit, da er sich selten daran erinnern konnte, wo er sein Auto in der morgendlichen Hast abgestellt hatte. Die drei in Frage kommenden Straßen sahen auch noch ziemlich ähnlich aus und er hatte noch keine Dreh gefunden, die fürchterlichen Straßennamen auseinander zu halten. Alle drei Namen sagten ihm nichts. Ja wenn die eine Straße Einsteinstraße geheißen hätte... Die Frau an der Bratwurstschlange hatte den gleichen Mantel an, wie der, den Jürgen seiner Frau vor sechs Jahren geschenkt hatte. Jürgen bekam einen Schreck und drückte sich noch etwas mehr in den Schatten. Er hatte seine Frau vor vier Monaten das letzte Mal gesehen. Sie hatte ihm Werner vorgestellt und seine Hand gehalten. Wie ein junges Liebespaar, hatte er gedacht. Noch konnte er nicht genau erkennen, ob es seine Frau war. Wenn er jetzt von hier verschwinden wollte, musste er unweigerlich dort vorbei. Zwischen den Buden war kein Durchkommen, die Fichten waren angenagelt, die die Zwischenräume ausfüllten.

Die Frau hatte ihre Wurst bezahlt und drehte sich um. Ihm blieb das Herz fast stehen, sie sollte ihn jetzt hier nicht sehen. Die Frau kam nun sogar geradewegs auf seinen Tisch zu. Als die Glühweinbude ihr Gesicht erhellte, wagte er nicht mehr zu atmen. Es war nicht seine Frau - es war Gabi! Sie sah müde aus, aber ihr bildhübsches Gesicht schien trotzdem etwas zu strahlen. Als sie ihn erkannte, huschte für einen Moment sogar ein kleines Lächeln über ihre Wangen. Oh, wie er dieses Lächeln liebte. Aber es war ebenso schnell verschwunden und er merkte, dass er sie noch nie so ernst gesehen hatte. Sie grüßte und sah ihm nur kurz in die Augen. Dieser Blick, eine hundertstel Sekunde nur, aber er sprach Bände. Sein Herz schlug kräftig. Er zwang sich ruhig zu atmen und kramte tief nach geeigneten Worten. Er wollte eine Brücke bauen, er wollte ihr Freund sein. Er wollte Vertrauen geben, was er selbst so schmerzlich vermisste. Ihre Liebe wollte er gar nicht, da sah er für sich keine Chance, aber ihr Vertrauen, um ihr zu helfen. In Gedanken umarmte er sie wie eine Schwester, die Liebeskummer hatte. Aber er sagte nichts und nickte ihr nur zu. Auch sie blickte nun auf ihre Bratwurst, um ihm nicht weiter in die Augen sehen zu müssen.

Die Menschen sind schon kompliziert, dachte er auf dem Heimweg. Gabi hatte wortlos ihre Wurst gegessen und sich verabschiedet. Als sie weg war wurde ihm schlagartig kalt. Die Wirkung des Glühweins war längst verschwunden und der Wind tat das Übrige. Sein Auto hatte er schnell gefunden. Die drei Straßen war er in letzter Zeit immer in der gleichen Reihenfolge abgegangen. Und in der ersten Straße stand er schon, sein Opel. Für einen BMW, wie ihn sein Chef fuhr, hatte es noch nicht gereicht, aber sein Opel hatte trotz seiner sechs Jahre bisher nur wenig gemuckt. Morgen war Weihnachtsabend und er hatte noch keinen Plan. Allein zu sein hat ja viele Vorteile. Aber wenn man zu Weihnachten allein ist, ist das doppelt bitter. Auf der Heimfahrt fiel ihm sein Chef wieder ein. Wenn der Chef aber nicht mit Gabi zusammen war, wo war er dann?

Zuhause war es kalt. Zwar hatte er in seiner Mietwohnung im zweiten Stock eine Zentralheizung und wenn der Hausmeister im Keller richtig heizte, glühten fast die Heizkörper. Aber anscheinend war auch der Vermieter zu Einsparungen gezwungen gewesen und hatte dem Hausmeister einen Heizplan zugesteckt, der ein stundenweises Heizen entsprechend der Außentemperatur vorschrieb. Der Wind war zwar sehr unangenehm, aber er überzeugte den Hausmeister nicht im Geringsten, seine Pflichten zu verletzen. Er wohnte ja auch nicht hier. Jürgen drehte die Heizkörper weiter auf, als ob er damit der Heizung den Befehl erteilen könnte, jetzt wieder Wärme zu schicken. Natürlich wusste er, dass sie nur ansprang, wenn die Rücklauftemperatur...

Jürgen half sich immer in solchen Situationen damit, seine Hände für ein paar Minuten unter das warme Wasser zu halten. Ähnlich wie beim Glühwein sog er so die Wärme in seinen Körper. Seine warmen Hausschuhe verhinderten danach, als er vor seinem Computer saß, dass die eingefangene Wärme wieder in den Fußboden entweichen konnte. Der Computer war jetzt sein bester Freund. Er war sein Fenster in die Welt, seine geistige Herausforderung. Wenn er nachhause kam, sah er als erstes in seinem Briefkasten nach Post. Aber statt Post waren immer mehr kostenlose Zeitungen drin. Für ihn war es danach selbstverständlich, auch in seinen virtuellen Briefkasten zu sehen. Zwar waren auch dort fast nur Werbesendungen zu finden, aber noch hatte er die Flut im Griff und trennte schnell die Spreu vom Weizen. Sein nächster Gedanke war wieder das Handy vom Chef. Auch zuhause hatte er das Programm installiert und konnte so den Ort jedes eingeschalteten Handys auf ein paar Kilometer genau orten. Der blinkende Punkt war immer noch in der Kleinstadt. Aber bei wem war er gewesen, dass er die Ausrede mit dem Stau brauchte?

Jürgen rieb sich die Augen. Was er gerade im Fernsehen in den Spätnachrichten gesehen hatte, kam ihm vor wie ein böser Traum. Nun war also doch der Winter eingetroffen. Pünktlich zum Weihnachtsfest, der Weihnachtsmann kann sich freuen. Auch alle Kinder werden begeistert sein, dachte er. Aber nicht die Autofahrer. Auf fast allen Autobahnen gab es sofort kilometerlange Staus. Über die Hälfte der Nachrichtenzeit wurde von diesen Zuständen berichtet und einige Autofahrer befragt, warum sie trotz Schneewarnung unterwegs waren. Und etwa zwei Minuten vor Ende war auch sein Chef im Auto auf der Autobahn zu sehen. Natürlich wäre er dienstlich unterwegs, hatte er gesagt. Und nun glaubte ihm Jürgen auch. Aber wieso war sein

Handy in den Bergen? Jürgen verstand die Welt nicht mehr. Bisher hatte er sich auf die Technik verlassen können. Zumindest zum großen Teil. Er kannte die Schwachstellen dieser Apparate, aber wenn sie liefen, lieferten sie verlässliche Ergebnisse. Jürgen grübelte noch, als er längst in seinem Bett lag. Spielte die Welt auf einmal verrückt?

Die Bildpunkte, die er bisher für Handys gehalten hatte, waren gar keine Handys. Es waren Autos. Mittels GPS konnte man ja jedes Fahrzeug orten. Wenn man die Autonummer eingab, bekam man Fahrzeugtyp und Geschwindigkeit angezeigt. Ein roter Punkt bedeutete, dass dieses Fahrzeug auf der Autobahn die Maut bezahlt hatte. Alle anderen Fahrzeuge wurden weiß dargestellt. Er musste eine ganze Weile überlegen, bis ihm die Autonummer des Chefs eingefallen war. Aber dieses Fahrzeug wurde nicht angezeigt. Es steht irgendwo, ging es ihm durch den Kopf. Er kramte eine ganze Weile in seinem Notizbüchlein, aber er musste feststellen, dass er bisher nur Handynummern aufgeschrieben hatte. Autonummern konnte er keine weiteren finden. Also gab er seine Autonummer ein und als sich die Karte aufgebaut hatte, staunte er nicht schlecht. Während er vor seinem Computer saß, war sein Auto in der Kleinstadt. Bei Gabi? Seine Gedanken fingen an zu kreisen. Schweißgebadet wachte er auf. Sein Puls raste, so dass er Angst hatte aufzustehen. Aber liegen bleiben und diesen verrückten Traum weiter träumen wollte er auch nicht. Da war ihm diese reale Welt doch lieber. Er rutsche langsam aus dem Bett auf den Fußboden und versuchte sich hinzusetzen. An das Bett gelehnt und leicht fröstelnd beruhigte er sich langsam. An Traumdeutungen hatte er noch nie gedacht, aber eine Ursache haben Träume schon. Bevor er jedoch einen Grund für diesen Traum gefunden hatte, verblassten die Erinnerungen daran und der gestrige Tag rückte in den Vordergrund.

Nicht mehr allein - 24. Dezember

Der heiße Kaffee tat gut. So nach einer halben Stunde, er hatte inzwischen die Bettdecke vom Bett gezogen und sich umgehängt, raffte er sich endlich auf und war in die Küche getorkelt. Jetzt aß er genüsslich sein Nutella-Brötchen und betrachtete die Welt aus einer ganz anderen Perspektive. Sein Frühstückstisch stand nicht in der Küche, die war dafür viel zu klein. Eine kleine Abstellkammer, die zu seiner neuen Wohnung gehörte, hatte eine gute Aussicht über das Tal. Der Wald auf der anderen Seite, zu Fuß fast nicht zu erreichen, inspirierte ihn immer wieder zu Jagdgeschichten. Er selbst war kein Jäger, aber sein Großvater hatte ihn des Öfteren mit auf die Pirsch genommen. So saß er oft hier und beobachtete den Waldrand in der Hoffnung, dort einen Hirsch oder ähnliches zu entdecken. Während er seinen Kaffee trank starrte er in die Dunkelheit und nachdem er im Zimmer die Lichtstärke reduziert hatte, sah er langsam die weiße Welt dort draußen. Auch bei uns hat es mächtig geschneit, dachte er und war froh, dass heute, am 24. Dezember sein Büro geschlossen war. Sein Chef war ein umgänglicher Typ, wenn auch sehr von sich eingenommen, und hatte kurzerhand Freitag, den 24. für einen "Frei-Tag" erklärt. Jürgen fielen die Bilder vom Fernsehen ein und er fragte sich, ob sein Chef gut zuhause angekommen war. Er sah auf die Uhr, aber zu dieser frühen Stunde konnte er seinen Chef nicht anrufen. Da dem Computer die Uhrzeit völlig egal war, machte Jürgen eben diesen an. Vielleicht spielte der PC jetzt wieder in der richtigen Liga.

Da der kleine Zeiger der Küchenuhr noch nicht einmal die sechs erreicht hatte, erschrak er mächtig, als sein Handy klingelte. Die Rufnummer war unterdrückt und so konnte es nur der Chef sein. Alle anderen die er kannte zeigten ihre Rufnummer an, wie es sich auch für ordentliche Menschen gehörte. Er dachte nicht schlecht von seinem Chef, aber diese Tatsache störte ihn. Leise, als ob er jemanden beim Schlafen stören könnte, sagte er seinen Namen. Das hatte er sich angewöhnt, auch wenn er nicht wusste wer dran ist. Aber es war nicht sein Chef, es war Gabi. Sofort war ihr Gesicht vom Weihnachtsmarkt wieder da. Er fragte sich, wieso sie ihn anrief, wo sie ihn gestern fast wie einen Trottel stehen gelassen hat. Ihre Stimme, so fand er, passte nicht so richtig zu ihrem Aussehen, aber das merkte man bloß, wenn man sie nicht sah. Mit etwas zittriger Stimme fragte sie, ob er heute ins Büro kommen würde. Wusste sie nicht, dass der Chef... Aber er wollte sie jetzt nicht vor den Kopf stoßen und antwortete mit etwas Umschweife. Wegen dem vielen Schnee könne er vielleicht nicht pünktlich sein. Einen kurzen Augenblick sagte Gabi nichts, so dass Jürgen nur ihren leisen Atem hörte. Im Hintergrund war eine Lok zu hören - wo war sie? Sie musste wohl gemerkt haben, dass Jürgen den Pfiff gehört hatte und erklärte sofort, dass sie auf dem Bahnhof sei und nicht wisse, wohin sie gehen oder fahren sollte. Zwei Sätze später wusste Jürgen, wo er sie abholen musste und kramte seine Winterstiefel hervor.

In der Dämmerung sah der Schnee sehr schön aus und immer wenn die Autoscheinwerfer einen Baum streiften, glänzten seine Zweige für kurze Zeit. In der Stadt hatte der Winterdienst seine Arbeit schon gut verrichtet. Aber als er die Stadt in Richtung Bergland verließ, wurde ihm schlagartig bewusst, dass seine Hilfsbereitschaft eine riskante Sache werden könnte. Aber für Gabi hätte er alles getan. Ihre Freundschaft zu erhalten, einfach nur mal ihre Hand zu halten und in ihre hübschen Augen zu sehen waren alle Strapazen wert. Der Schneefall hatte nachgelassen. Heute am 24. Dezember, dachte er, sind ganz schön viele Autofahrer unterwegs zur Arbeit. Die wenigsten hatten einen Chef wie Jürgen. Mehr als 40 konnte man nicht fahren und Jürgen sah ständig auf die Uhr. Er hatte zwar keine Zeit mit Gabi vereinbart, aber er dachte, dass sie im Bahnhof oder gar davor sitzend frieren würde. Was war bloß los mit ihr? Hätte er nur gestern schon seine Hilfe angeboten. Nun kam der schlimmste Abschnitt der Strecke. Auf einem Kilometer ging es nur bergauf und so wie der Winterdienst hier geräumt hatte... Wenn auch nur ein LKW quer stand, musste er umkehren und einen Umweg von 20 Kilometern machen. Der Tag hatte sich wenigstens schon so weit ausgebreitet, dass in den entfernten Dörfern die Straßenlaternen ausgingen.

Der Berg war weniger beschwerlich gewesen als angenommen. Die LKWs hatten wohl vorsorglich eine andere Route gewählt und der neue Nissan vor ihm konnte seinem Opel nicht das Wasser reichen. Er hatte schon mit Bedacht einen kleinen Abstand gehalten und als er merkte, dass das Fahrzeug vor ihm an Geschwindigkeit verlor und anfing zu trudeln, hatte er beherzt überholt und mit gleich bleibendem Tempo die Steigung erklommen. Von hier ging es nur noch einige Serpentinen durch den Wald und auf der rechten Seite näherte sich der Straße langsam die Eisenbahnstrecke. In der Ferne war schon die große Brücke zu sehen, die in einem schwarzen Loch endete. Die Bahn hatte es einfach, rein in den Berg und auf der anderen Seite wieder raus. Die Straße fiel dagegen plötzlich wieder ab und umrundete die ganze Kleinstadt auf der linken Seite. Das alte Gebäude gleich nach dem Ortseingang war der Bahnhof. Mit seiner Angelausrüstung war er hier oft ein- und ausgestiegen. Aber das war Jahrzehnte her und er glaubte sich zu erinnern, dass der Bahnhof mal rot gestrichen war. Die jetzige gelbe Farbe war nur noch zu erahnen und die Fensterläden sind seit Jahren nicht mehr geöffnet worden.

Jürgen musste nicht lange suchen. Gabi saß im Bahnhof auf einer alten Bank. Es war die einzige Sitzgelegenheit hier und sie musste sie sich noch mit vier anderen Wartenden teilen. Sie saß zusammen gesunken am hinteren Ende, wohl auch ein Zeichen, dass sie vielleicht die längste Zeit hier saß. Als sie ihn sah, sprang sie auf und umarmte ihn, als ob er ihr Vater wäre und sie nachhause hole. Sie sagte nur Danke, aber es klang in seinen Ohren wie eine Liebeserklärung. Nachdem sie ihn losgelassen hatte, sah sie ihn an und strahlte über das ganze Gesicht. Er wusste nicht, wie er seine Gefühle ordnen sollte. Aber sie kam im zuvor und küsste ihn kurz. Dann gab sie ihm den Koffer, nahm selbst ihre Reisetasche und drängte ihn zum Ausgang. War es nun Schauspiel, echt oder nur wegen der Leute? Er wusste es nicht und schlurfte einfach hinterher. Als sie im Auto saßen und er fragen wollte, wohin sie nun fahren sollten, brach sie plötzlich in Tränen aus und fiel ihm wieder um den Hals. Jürgen hatte seine große Liebe am Hals und wusste nicht, wie er sich weiter verhalten sollte.

Mit ihren Gefühlsausbrüchen zu Recht zu kommen, war schon damals für ihn schwierig. Auf der Betriebsfeier vor einem Jahr hatte er sich in sie verliebt. Aber wer nicht, dachte er. Sie war hübsch und das schien sie zu genießen. Er hatte immer auf seine Menschenkenntnis gesetzt, aber bei ihr versagte sie. Gabi konnte einen ansehen, dass man die Hochzeitsglocken hörte und im nächsten Moment lachte sie mit einem anderen Kollegen. Sie hatte sich im Auto dann die Tränen getrocknet und ohne ihn anzusehen, leise zu erzählen begonnen. Jürgen streichelte ihre Hand und sagte fast noch leiser, er wolle mit ihr in ein Café. Sie nickte und verstummte für kurze Zeit. Jürgen nutzte die kleine Pause um den Motor zu starten. Er kannte sich ja hier etwas aus und wusste wo ein schönes Café war, welches auch schon so früh offen hatte. Während der Fahrt fing Gabi wieder zu erzählen an und Jürgen gab sich große Mühe, den Motor nicht unnötig aufheulen zu lassen. Zehn Minuten brauchten sie bis zur Truckerstube. Dort war es warm, Jürgen bestellte zwei Kaffee und für sie eine heiße Suppe und Gabi erzählte. Nur ab und zu sah sie ihn an um sich zu vergewissern, ob er auch zuhörte. Und diese Blicke waren nicht aufreizend, diese Blicke gaben den Blick frei in eine tief verstörte Seele.

Gabis Geschichte ging Jürgen lange nicht aus dem Kopf. Wie konnte sich Jürgen nur in seinem

Chef so täuschen. Ja, er kannte seinen Chef schon lange. Bald acht Jahre. Und das ist im heutigen Berufsleben schon eine kleine Ewigkeit. Sie waren immer gut ausgekommen. Aber was nun Gabi erzählt hatte, hatte Jürgen doch ganz schön erschüttert. Er wird ja seinen Chef erst im neuen Jahr wieder sehen. Aber sein Verhältnis zu ihm wird nie wieder so sein können wie früher. Und je länger er über die ganze Sache nachdachte umso verständlicher wurde ihm auch Gabis Verhalten gestern.

Zum ersten Mal begegnete Jürgen Gabi vor drei Jahren hier in diesem Ort. Er war nur auf der Durchreise und hatte einige seiner Anglerfreunde getroffen. Natürlich wurden die Fische bei jeder Erzählung größer und so war es kein Wunder, dass er nach vier Stunden immer noch im Biergarten am See anstatt im Zug saß. Es war herrlichstes Sommerwetter und so witzelten natürlich alle Burschen auch über das andere Geschlecht. Es wurden auch flotte Sprüche gerufen und so manche hübschen Mädchen drehten sich nach ihnen um und lachten ihrerseits über die Jungs, die noch nicht ganz trocken hinter den Ohren waren. Manche Mädchen schüttelten auch mit dem Kopf oder steckten die Zunge raus. Und dann kam sie! Jürgen musste sie angestarrt haben wie eine Erscheinung, denn sein Freund Klaus musste ihn erst richtig knuffen, bis er sich ihm zuwendete. Aber seine Augen müssen

Bände gesprochen haben und Klaus rief mehrmals seinen Namen, bis Jürgen ihn nicht nur ansah, sondern ihm auch zuhörte. Sie heiße Gabi sagte Klaus, wohnte am oberen Ende dieser Stadt, wo die schönen bunten Häuser stehen und arbeitete in einer kleinen Firma der Stadt. An diesem Tag sagte Jürgen gar nichts mehr, er trauerte nur der verpassten Gelegenheit nach und bemühte sich, ihr Bild in seinem Kopf zu behalten. Wenigstens wusste er ihren Namen, aber das nutzte ihm nichts, da er weder dienstlich noch privat wieder in diese Richtung fuhr.

Jürgen hatte inzwischen geheiratet und seine Erscheinung von damals wieder vergessen. So dachte er jedenfalls bis zu dem Tag, als sie auf der Betriebsfeier seiner Firma auftauchte. Es muss etwa zwei Jahre später gewesen sein und es kam ihm vor, als ob sie noch fraulicher und noch hübscher war. Er überlegte, ob sie sich wohl an ihn erinnern würde. Aber das verneinte er sofort für sich, schließlich hatte er damals nichts gesagt. Dass sie ihn trotzdem kannte, erfuhr er erst später. Denn Klaus hatte damals gleich am nächsten Tag vorsichtig bei Gabi nachgefragt und mitbekommen, dass sie sehr wohl bemerkt hatte, auf einen Jungen mit dem Namen Jürgen Eindruck gemacht zu haben. Und da Klaus auch noch ein Angelbild von ihnen beiden hatte, wechselte das Bild seinen Besitzer und Gabi träumte von da an von diesem fremden jungen Mann. Die Einheimischen waren ihr alle zu blöd, Klaus ausgenommen. Auf der Betriebsfeier konnte Jürgen nur kurz mit ihr reden als er ihr aus der Jacke half. Sein Chef hatte sie anscheinend eingeladen und wohl auch ein Auge auf sie geworfen. Und so oft sich Gabi an diesem Abend auch bemühte, sie konnte ihrem Gastgeber nicht entwischen und dieser schien es auf der Feier sichtlich zu genießen, mit einer so umwerfenden Frau gesehen zu werden. Mit seinem neuen Auto fuhr er sie dann auch wieder nachhause.

Weiß der Kuckuck wo sich die beiden kennen gelernt hatten. Jedenfalls hatte sein Chef Gabi zur Betriebsfeier eingeladen und er musste sich auch in Gabi verliebt haben. Danach war er auffallend oft in Richtung Kleinstadt unterwegs. Und um diese Sache nicht ganz so offensichtlich aussehen zu lassen, unternahm sein Chef viel mehr Dienstreisen als vorher. Jürgen bearbeitete die Aufträge im Büro und hatte so auch ständigen Kontakt zum Internet. Und wie es der Zufall so will: genau da las er den Artikel über Handy-Ortung. Keine drei Wochen später war Jürgen in der Lage, durch Eingabe einer Handynummer den ungefähren Standort des Handys übers Internet zu ermitteln, wenn dieses einschaltet war. Und so begann er Handynummern zu sammeln. Allein die Tatsache der Dienstreisen war ihm plausibel, als er aber feststellen musste, dass sich sein Chef fast täglich in der Kleinstadt aufhielt, gab ihm das doch zu denken. Aber sein Chef war ansonsten ein guter Mensch und bei Gabi malte sich Jürgen sowieso keine großen Chancen aus.

Jürgen war während Gabis Erzählung immer näher an sie gerückt. Eigentlich nur um besser zu hören, denn sie sprach sehr leise. Es war ihr sicherlich peinlich genug, aber es musste endlich raus. Und Jürgen, ihre heimliche Liebe, war jetzt der einzige Freund, den sie noch hatte. Dass er den Weg zu ihr auf sich genommen hatte war für sie Beweis genug, dass sie ihm vertrauen konnte. Ihrem Vater konnte sie leider nicht mehr vertrauen, deshalb wollte sie auch von diesem Ort weg. Eigentlich weit weg, wo sie keiner kannte, aber wenn Jürgen in ihrer Nähe wäre, ist auch die Großstadt recht. Als Jürgen fast neben ihr saß, lehnte sie sich an ihn und schloss beim Erzählen die Augen. Zaghaft legte Jürgen seine Hand um sie. Er wollte nicht mit einer unbedachten Bewegung dieses Vertrauensverhältnis zerstören. Sie, seine heimliche Liebe, in den Armen halten zu dürfen, war ihm schon genug. Er kannte ja auch ihr Temperament. Jürgen wagte fast nicht mehr zu atmen, aus Angst diesen Moment zu zerstören, den er heute früh noch für eine Illusion gehalten hätte. Aber ihr Temperament schien das gleiche zu empfinden und sie genoss mit geschlossenen

Augen diesen Augenblick. Sie sparte nicht mit Einzelheiten, nur damit die Geschichte kein Ende finden konnte.

Aber irgendwann gab es nichts mehr zu erzählen. Sie wagte nicht die Augen zu öffnen aus Angst, er könnte sofort seine Hand zurückziehen. Als es Jürgen nicht mehr aushalten konnte vor Anspannung drückte er sie kurz und flüsterte ihr ins Ohr, dass er sie liebe. Nun erwachte ihr Temperament wieder, sie öffnete ihre Augen und sah ihn unumwunden an. Und das war auch der Blick, der Polkappen zum Schmelzen bringen konnte. Jürgen küsste sie, sie küsste ihn. Als sie gingen, waren sie nicht nur vom Kaffee aufgewärmt. Jürgen fuhr mit Gabi in die Großstadt zurück. Zwar war der Weg der gleiche, auf dem er morgens gekommen war, aber der Winterdienst hatte inzwischen die Straße soweit beräumt und gestreut, dass auch LKWs sich wieder dem Berg gefahrlos nähern konnten. Die Winterlandschaft sah herrlich aus, besonders dann, wenn kurz die Sonne alles in ihr Licht hüllte. Mittlerweile war auch in der Großstadt reges Treiben auf der Straße. Spätaufsteher zerrten ihre Weihnachtbäume hinter sich her. Und die Kinder waren mit ihren Schlitten unterwegs. An allen Ecken und in vielen Gärten und Vorgärten standen Schneemänner.

Gabi war sichtlich begeistert von seiner Wohnung. 45 Quadratmeter, mehr konnte und wollte er sich nicht leisten, aber er hatte es sich gemütlich eingerichtet. Die Abstellkammer gefiel ihr besonders und sie plante sofort den Ausbau. Ja, er kannte ihr Temperament, aber hier tat es ihm gut. Er genoss ihre Ausführungen, auch wenn er nicht wusste, wie es mit ihnen überhaupt weiter gehen sollte. Es würde nicht lange dauern, und ihr Vater würde wissen wo sie steckt. Das Problem war also noch offen, aber er hatte wenigstens die Feiertage und die Zwischentage Zeit, sich eine Lösung einfallen zu lassen. Heute war ja erstmal der 24. Dezember. Und Jürgen erschrak. Er hatte ja gar kein Geschenk für Gabi. Daran hatte er heute nicht gedacht. Sein Gesicht muss es aber verraten haben und der Blick auf den Kalender. Sie sah ihn an, zog ihn zu sich und flüsterte ihm etwas ins Ohr. Sein Gesicht verzog sich zu einem breiten Grinsen. Ja, den Wunsch hatte er auch schon verspürt, aber soweit wollte er noch nicht gehen. Aber sie lies nicht locker.

Seine Badewanne war eigentlich nicht für zwei Personen gedacht Zuerst wollte er auch deshalb nicht auf ihren Vorschlag eingehen. Aber sie lies nicht locker, sah ihn mit ihren leuchtenden Augen an und kramte dann in ihrer Tasche. Sie zog ein schon etwas zerknittertes Foto aus ihrer Reisetasche und er erkannte auf diesem Bild Klaus und sich am Angelsee. Sie begründete damit, dass man sich ja schließlich schon drei Jahre kenne. Das Argument war eigentlich nicht zu widerlegen. Allein der Gedanke an gestern Abend, ihr eiskalter Blick auf dem Weihnachtsmarkt gab ihm zu denken. Aber er wusste ja, zu diesem Zeitpunkt hätte sie sich ihm nie geöffnet, obwohl sie es bitter nötig gehabt hätte. Das versöhnte ihn wieder und ihr Anblick, besonders wenn sie so schelmisch lachte, entwaffnete ihn sofort. Unweigerlich fand er sich in seiner Badewanne wieder, Gabi ihm gegenüber, ihre Beine kreuzten sich in der kleinen Wanne und Gabi spielte mit dem Schaum und seinem Quietsche-Entchen.

Jürgen war etwas zaghaft, als sie anfingen, sich gegenseitig zu waschen. Gabi war da viel ungezwungener, nur die Geschlechtsteile wusch sich jeder selbst. Gabis Brüste durfte Jürgen waschen, und Jürgen ging sehr vorsichtig ans Werk. Später rubbelten sich beide ab. Als sich herausstellte, dass Jürgen nur einen Bademantel hatte, rollte man sich eben zu zweit in diesen und dann in sein Bett. Jetzt erst kam es Jürgen in den Sinn, dass er sich noch keine Gedanken darüber gemacht hatte, wo Gabi schlafen sollte. Beide lagen wie die Hotdogs im Brötchen unbeweglich nebeneinander und genossen die Wärme des anderen. Hatte sich Jürgen ein schöneres Weihnachten wünschen können? Nie im Leben wäre er auf die Idee gekommen, dass seine Liebe bei ihm Einzug halten könnte.

Ein Handyklingeln im Flur riss ihn aus seinen Gedanken. Sein Handy war es nicht, seinen Klingelton kannte er. Er sah zur Seite, wo Gabi lag und merkte, dass sie leicht zusammenzuckte. Richtig, sie hatte ihr Handy noch an. Und damit war sie nicht nur erreichbar für jeden, nein, alle die über das entsprechende Wissen wie er verfügten, konnten auch im Internet rauskriegen, wo sie steckte. Er wurde bleich. War sein Traum schon wieder zu Ende? Und heute war erst der 24. Dezember. Gabi rollte aus dem Bett und hüpfte in den Flur. Jürgen befreite sich ebenfalls aus dem Bett und rannte mit dem Bademantel hinter ihr her. Sie war ja nackt und sollte sich nicht erkälten. Er versuchte, ihr den Bademantel anzuziehen, während sie das Handy nicht vom Ohr lies und immer blasser wurde. Er konnte nicht hören was sie hörte, aber es waren keine guten Nachrichten. Er stand splitternackt neben ihr, wickelte sie in den Bademantel und versuchte an ihrem wechselnden Minenspiel zu erraten, was als nächstes folgen könnte. Er merkte nur, dass sie immer wieder einen Antwortsatz anfing aber nach ein bis zwei Worten verstummte. Als sie auflegte, hatte er sie endlich im Bademantel und merkte, dass er selbst fror. Aber das interessierte ihn jetzt nicht. Er zog sie zu sich um sie zu wärmen und sie war dankbar, indem sie ihren Kopf auf seine Brust legte.

Sie müssen so wohl eine Ewigkeit gestanden haben. Er kannte ja ihre Geschichte und er hatte nicht an das Handy gedacht. Als sie merkte, dass ihm fröstelte, befreite sie sich aus seiner Umarmung und zog ihn ins Schlafzimmer. Sie zogen sich wortlos an und setzten sich an den kleinen Tisch in der Abstellkammer. Draußen war es längst dunkel geworden und im Tal waren in vielen Fenstern die Lichterbögen zu sehen. Es war fast sechs Uhr, Zeit zur Bescherung. Gabi starrte wortlos aus dem Fenster. Jürgen wollte nicht taktlos sein, aber er hielt es nicht mehr aus. Er wolle ihr helfen, sagte er, es musste doch eine Lösung geben. Er wisse, dass heute am heiligen Abend die Familien zusammen sein sollten. Aber wenn man sich nicht mit seiner Familie versteht... Er hielt inne als sie ihn ansah, vorwurfsvoll wie er es noch nicht gesehen hatte. Da fiel ihm seine Frau ein. Sie waren noch nicht geschieden. Eigentlich auch noch eine Familie. Na ja, Kinder hatten sie keine, aber bis vor einem Jahr wurde daran gearbeitet. Dann kam der Advent und diese dämlichen Betriebsfeiern. Mit Anhang hieß es, damit man sich familiär näher käme. Sie wollten die Familie des Chefs schon lange kennen lernen, aber es gab kaum Gelegenheiten. Also gingen sie beide zu dieser Betriebsfeier. Heute weiß er nicht, ob er sich darüber ärgern oder freuen sollte. Seine Frau hatte ihren Freund aus Kindertagen wieder getroffen und er seine heimliche Liebe. Zuerst gingen die Weihnachtsfiguren zu Bruch, dann seine Ehe.

Gabi war aufgestanden und in den Flur gegangen. Als Jürgen den Flur betrat war Gabi gerade dabei ihre wenigen Sachen wieder in ihrer Reisetasche zu verstauen. Jürgen wusste nicht was er sagen sollte. Wollte sie jetzt wirklich zu ihrem Vater zurück? Obwohl er sie geschlagen hatte. Jürgen stand da, als ob ihm der Stecker heraus gezogen worden wäre. Er verstand die Welt nicht mehr. Hier vor ihm stand eine Frau, eine wunderschöne Frau, nein eine Göttin. Zum Greifen nah und doch entfernte sie sich mit jeder Sekunde immer weiter von ihm. Als sie alle Sachen eingepackt hatte, versuchte sie den Reißverschluss zu schließen. Aber es wollte ihr nicht gelingen. Da erwachte auch Jürgen wieder aus seiner Lethargie und kniete sich neben ihre Tasche. Er nahm behutsam ihre Hand und zog mit ihr gemeinsam den Reißverschluss zu. Da kippten auch ihre Gefühle, sie warf sich ihm um den Hals, dass er fast umfiel, und fing fürchterlich an zu weinen. Er legte langsam beide Hände um sie und lies sie einfach heulen. Er war auch den Tränen nah, wusste er doch, dass sie gleich gehen würde. Und ob sie wieder käme, stand in den Sternen.

Allmählich ging ihr Heulen in ein Schluchzen über. Sie hatte sichtlich Mühe es zu unterdrücken. Jetzt wo die Erinnerungen wiederkamen, wurden ihre Beine schwach. Sie rutschte, bis sie auf dem Fußboden saß, ließ aber Jürgen nicht los. So setzte sich auch Jürgen im Flur auf den Fußboden und wollte wenigstens die paar Minuten noch mit ihr verbringen, die sie sich nicht aufraffen konnte. Insgeheim hoffte er, es würde nie geschehen, aber er war Realist. Und er kannte Gabi. Nun schon über drei Jahre. Klaus hatte damals schnell gemerkt, dass es hier ordentlich gefunkt hatte, aber er kannte auch ihren Vater. Gabi hatte sich wieder im Griff, sie stand auf und trocknete sich die Tränen. Jürgen stand ebenfalls auf und griff nach seinem Autoschlüssel. Natürlich würde er sie wieder nachhause fahren. Wenn sie es wollte, würde er es tun. Sie sah ihn an. Diesen Blick kannte er. Das ganze Gesicht ein Fragezeichen. Sie wollte nun von ihm wissen, was sie tun sollte. Also war sie sich noch nicht schlüssig, ob sie gehen oder bleiben sollte. Wenn eine bildhübsche Frau einen Mann mit so einem Blick ansieht, dann wird er weich wie Butter in der Sonne und hofft nur insgeheim, die richtige Lösung zu finden, für ihn und für sie. Rasch zog Jürgen die Hand wieder von Schlüsselbrett zurück und fasste ihre Hand. Ein leises fast unmerkliches Lächeln huschte über ihr Gesicht. Sie sah ihn immer noch fragend an, aber er fühlte bereits, dass er die erste Schlacht gewonnen hatte. Und als er auch ihre andere Hand nahm, nahm sie ihrerseits Besitz von ihm, küsste und umarmte ihn.

Diesmal wollte er nicht wieder so plump fragen und zog sie einfach ins Wohnzimmer. Ja, er wusste, dass sie ihren Vater abgöttisch liebte, und er wollte sie nicht wieder davon abbringen. Viel lieber wollte er ihr helfen, die Situationen zu vermeiden, die bei ihnen die Konflikte herbeiführten. Gabi war bildhübsch, aber das war natürlich auch dem Vater nicht entgangen. Nicht nur, dass er wie ein Tugendwächter in ihrer Kleinstadt auftrat, er versuchte auch, sie vom kulturellen Leben fernzuhalten. Discobesuche oder Partys lies er nicht zu bis sie 18 war. Aber auch danach war er immer hinterher, wenn sie nicht 21 Uhr zuhause war. Und jeder Junge wurde unter die Lupe genommen, der sich ihr auf 100 Meter näherte. Besuche von Jungs duldete er in seinem Hause nicht. Sie war froh, als sie mit 18 eine Möglichkeit bekam, für drei Jahre 500 Kilometer weit weg ein Studium zu absolvieren. Aber danach steckte ihr Vater sie in eine Firma in der Nähe, um sie wieder unter Kontrolle zu haben. Sie hatte gar keine Chance, woanders anzufragen. Sie hätte sicherlich mit ihrem Aussehen und ihrer Bildung sofort einen anderen Job bekommen, aber ihr Vater hatte selbst eine kleine Firma und großen Einfluss in der Stadt.

Da Gabi sehr intelligent war, wollte er sie in sein Geheimnis der Handy-Ortung einführen. Vielleicht konnte es ihr auch mal von Nutzen sein, wenn sie wissen wollte, wo sich ihr Vater gerade aufhielt. Sie setzte sich neben Jürgen vor den PC und lies sich die Software erklären, die sie vor kurzem noch für Utopie gehalten hätte. Jürgen erklärte, dass nicht jeder diese Software einsetzen könnte. Eigentlich ist sie der Polizei vorbehalten, aber sie ist frei verfügbar, der Besitz und die Nutzung sind also nicht strafbar. Um zu zeigen wie die ganze Sache funktioniert, gab er zuerst seine Handynummer ein. Auch wollte er die Software noch einmal testen, da sie ja gestern so komische Ergebnisse angezeigt hatte. Aber es klappte einwandfrei, die Landkarte öffnete sich und zeigte den östlichen Rand seiner Großstadt und darauf einen weißen Punkt. In Städten kann man den Standort genauer ermitteln, da die Funkzellen kleiner sind. Das leuchtete ihr ein. Sie diktierte ihm noch drei andere Handynummern ihrer Freundinnen und freute sich als zweimal ihre Kleinstadt und einmal Hamburg erschien. Sie wusste, dass Sonja für sechs Tage nach Hamburg gefahren war. Jetzt war wieder Jürgen an der Reihe und gab die Handynummer ihres Vaters ein. Nicht ohne Gabi bei der letzten Ziffer noch mal fragend anzusehen. Sie nickte und Jürgen schickte die Nummer ab. Der weiße Punkt erschien aber nicht in ihrer

Kleinstadt, sondern es öffnete sich der östliche Rand seiner Großstadt. Wie erstarrt blickten beide auf das Ergebnis. War ihr Vater schon vor der Tür um sie zu holen?

Jürgen hatte instinktiv das Richtige getan. Er hatte den PC runter gefahren, ihr und sein Handy ausgeschaltet und den Telefonstecker aus der Dose gezogen. Das Licht hatte er soweit gedimmt, dass es von außen nicht zu sehen war und beide saßen im Dunkeln auf dem Bett und hielten sich bei den Händen. Wenn es jetzt klingeln sollte, würden sie nicht aufmachen. Gabi bestätigte das, sie hatte zwar ein bisschen Angst, wollte aber zu Jürgen halten. Für eine Heimfahrt in die verschneite Kleinstadt war es sowieso schon zu spät. Um nicht in Grübeleien zu versinken, erzählten sie sich gegenseitig Geschichten aus der Schulzeit. So vergingen Stunden, aber es klingelte nicht. Ihr Vater kannte seine Adresse. Wenn er bis jetzt nicht hier war, wollte er vielleicht gar nicht zu ihnen. Jürgen dunkelte das Fenster im Wohnzimmer nach außen ab und schaltete seinen PC wieder ein. Es gab nur eine Möglichkeit herauszubekommen, wo ihr Vater jetzt war, die Handy-Ortung. Doch bevor sie seine Nummer prüften, wollte Jürgen sicher gehen, ob Gabis Handy nicht zu orten war. Also gab er ihre Handynummer ein. Er staunte, als die Software zielsicher feststellte, Gabis Handy sei in der Kleinstadt. Jürgen suchte eine Erklärung, aber es wollte ihm nicht gelingen. Er prüfte sein Handy, aber das tauchte nicht auf. Ist ja klar, es war aus. Auch auf das Risiko eines unerwarteten Anrufes, er ließ Gabi ihr Handy einschalten und checkte erneut. Die Software blieb dabei, Gabis Handy ist in der Kleinstadt. Gabi machte ihr Handy wieder aus, das Handy blieb in der Kleinstadt. Jetzt zweifelte Jürgen langsam an seinem Verstand. Schnell noch mal das Handy von Gabis Vater gecheckt. Ob er schon wieder auf dem Heimweg ist, wollte er wissen. Aber die Software verweigerte die Auskunft. Kein Punkt, keine Karte. Da hatte Gabi eine Idee: sie schaltete ihr Handy ein und plötzlich war ihr Vater wieder in der Nähe. Jürgen kapierte nicht. Gabi schaltet ihr Handy wieder aus und der weiße Punkt ihres Vaters verschwand wieder.

Jürgen begriff nicht gleich, was Gabi damit andeuten wollte. Sie hatte wohl etwas erkannt, aber es wollte einfach nicht in Jürgens logisches Gehirn. Erst als sie auf ein Blatt Papier einige Vierecke und Linien gezogen hatte, wurde ihm das ganze Ausmaß der Schweinerei klar. Und jetzt kamen auch langsam Erklärungen für Phänomene, die er sich bei einigen anderen Ortungen nicht hatte erklären könnte. Gabi hatte das Handy ihres Vaters und der das Handy seiner Tochter. Jetzt erkannte sie auch, warum ihr Vater alle ihr bekannten Jungs so gut kannte. Natürlich, sie hatte ja alle im Handy gespeichert. Er musste das Handy ausgetauscht haben, um sich in aller Ruhe in ihrem Telefonbuch umsehen zu können. Und dann tauschte er es wieder und wieder und wieder. Totale Überwachung, dachte Jürgen, das ist ja schlimmer als bei der... Jürgen merkte, wie Gabi langsam kochte. Ein Funke würde jetzt eine Explosion auslösen. Jürgen faszinierte nur, wie der Vater von Gabi die Rufumleitungen bewerkstelligte. Und nun wurde ihm auch klar, warum sie bei dem Anruf heute Morgen keine Rufnummer übermittelte. Gabi musste sich sichtlich zusammenreißen, um nicht loszubrüllen. Wenn sie so kochte, sah sie richtig zum anbeißen aus, dachte Jürgen. Aber das konnte er ihr nicht sagen, sonst hätte sie wohl das ganze Haus zusammen getrommelt. Und es war doch der 24. Dezember, abends halb elf.

Vaters Dienstreise - 25. Dezember

Die Nacht war schön. Schön kurz und schön hart. Nachdem sich Gabi wieder etwas beruhigt hatte, waren sie gemeinsam ins Bett gegangen. Aber Jürgen war nicht auf Besuch eingerichtet gewesen, und sein Bett war für zwei nur kurzzeitig optimal. So hatte er sich, als er merkte, dass sie eingeschlafen war, aus dem Bett geschlichen und ganz leise ein paar Decken auf dem Fußboden gestapelt. Aber trotzdem: auf den Decken hatte er gefroren und sein ganzer Rücken schmerzte. So war er schon halb fünf wach und versuchte, sich mit Ratespielchen wach zu halten. Er wollte sich nicht wieder hinlegen, weil der Rücken schmerzte, aber als es dämmerte fiel er noch mal in einen tiefen Schlaf. Eigentlich hatte er sich vorgenommen, für Gabi den Frühstückskaffee zu kochen, aber er wurde von ihr sanft geweckt, als sie den Kaffee fertig hatte. Da heute Feiertag war, konnte man wirklich später aufstehen. Und beim Frühstück hatte man aus der Abstellkammer einen schönen Blick über das verschneite Tal. An den Hängen gegenüber rodelten schon die ersten Kinder. Gabi wollte nicht verwöhnt werden. Sie holte den Kaffee und das Toastbrot und sah ihn ständig so schelmisch an. Wenn er da an gestern Abend dachte... Als sie seine Verrenkungen bemerkte, die er beim Essen machte, wurde ihr klar, wo er nachts gelegen hatte. Und nach dem Frühstück setzte sie sich auf seinen Rücken und massierte ihn von den Schultern bis zur Hüfte.

Nun hielten sie Kriegsrat. Sie dachten sich aus, wie diesem Treiben Einhalt zu gebieten wäre. Aber kein einziger Plan taugte. Es gab nur eine Radikallösung, Gabi musste zuhause ausziehen. Musste die Kleinstadt verlassen. Aber auch in der Großstadt würde sie ihr Vater finden. Die Sache mit den Handys, die war vielleicht noch am schnellsten abzustellen. Jürgen nahm die SIM-Karte aus dem Gerät und steckte sie in seinen Chip-Karten-Leser. So konnte er die Rufnummern aller Freunde von Gabi auf seinem Computer speichern. Als Jürgen die Rufnummern aber auf der Karte löschen wollte, wurde ihr doch etwas mulmig und sie kniff ihn leicht in den Arm. Er sah in ihr Gesicht und fand dann, die Rufnummern wären ihrem Vater ja eh bekannt. Also blieben sie wo sie waren. Er steckte die SIM-Karte wieder in ihr Handy, ach nein in das ihres Vaters, und bevor er es einschaltete, fragte er sie. Er musste wissen, was gestern Abend am Telefon Gabi so durcheinander gebracht hatte. Aber er wusste, wenn er jetzt die falsche Frage stellte, würde Gabi vielleicht gehen. Doch Gabi hatte erkannt, welche Frage jetzt anstand. Sie war ja nicht nur bildschön, nein auch sehr intelligent.

Ihr Vater war vor zwei Tagen mit ihr in diese Großstadt gefahren, die sie schon oft mit ihm besucht hatte. Sie wusste, er arbeitet hier, seine Firma war in der Nähe der Autobahn. Da ihr Vater aber noch einen Kunden in einer weit entfernten Stadt aufsuchen musste, gab er ihr etwas Geld und setzte sie am Weihnachtsmarkt ab. Sie bummelte durch die Geschäfte der nahe liegenden Kaufhäuser, aber außer ein paar Kleinigkeiten, die man in die Tasche stecken konnte, hatte sie nichts gekauft. In der Cafeteria hatte sie ein Weilchen Platz genommen und einen Cappuccino getrunken. Da sie sehr große Wirkung auf Männer hatte, war sie auch nicht lange allein geblieben. Ein sehr gut aussehender Mann hatte mit seinem Kaffee nach einem freien Platz gefragt, obwohl die meisten Tische um diese Zeit leer waren. Schüchtern schien er nicht zu sein, denn sie war schnell im Bilde, dass er Mario hieß und von der See kam. Zum Glück hörte man das seiner Sprache nicht an. Sie konnte Fischköppe nicht so richtig leiden, nachdem vor vier Jahren ein Hannes aus Bremen ihr den Hof gemacht hatte. Er hatte es tatsächlich fertig gebracht, ihr die ansonsten schöne norddeutsche Aussprache so richtig zu vermiesen. Nun, das war lange her. Dieser Mario war also auch von dort, aber seine Sprache war akzentfrei. Er erzählte ihr seine Geschichte, immer bemüht, mit Kunstpausen ihre Blicke zu ergattern. Denn ihre

Blicke waren... Aber sie hatte keine richtige Lust ihm zuzuhören. Und als sie ihren Cappuccino ausgetrunken hatte, lächelte sie ihn kurz an, stand auf und lies ihn sitzen. Gerade, wo er vom Meer der Träume sprechen wollte.

Draußen wurde es langsam dunkel und auf dem Weihnachtsmarkt wurden tausende Lichter angezündet, die diese einmalige Stimmung in die Menschen zauberten. Wenn nur dieser Wind nicht wäre. Aber heute war der letzte Tag des Weihnachtsmarktes und wann sonst hatte sie Gelegenheit, den Weihnachtsmarkt der Großstadt zu besuchen. Sie hatte kein Auto. Ihr Vater brachte sie ja auch überall hin. Sie liebte ihren Vater, wenn auch seine Vaterliebe manchmal unerträglich war. Sie hatte viele Freunde, aber keiner hatte sie jemals besucht. Sie wusste, dass sie hübsch war, aber außer ihrem Vater und Fremden schien es niemandem aufzufallen. Der einzige Freund, den sie hatte, war Klaus. Er kam oft, musste aber nach zwei drei Stunden wieder gehen. Vor drei Jahren im Sommer hatte Klaus ihr ein Foto gegeben von sich und einem Freund. Am Tag zuvor musste sie wohl mächtigen Eindruck auf diesen Freund gemacht haben. Sie war unterwegs zur Badestelle und als sie am Biergarten vorbei kam, war auch Klaus dort und die anderen Jungs, die sie alle kannte und sie alle kannten. Als sie fast vorüber war, hörte sie Klaus mehrmals den

Namen Jürgen rufen. Sie sah sich nicht noch mal um, aber sie hatte wohl für einen kurzen Moment in seine tiefen Augen gesehen. Im Gegensatz zu den Blicken Fremder, die nur eins in ihr sahen, waren diese Augen voller Gefühl. Sie hätte diesen Jürgen auch sicherlich bald wieder vergessen, wenn nicht Klaus sie am nächsten Tag gefragt hätte, ob ihr am See etwas aufgefallen wäre. Klaus war so herrlich indirekt. Vielleicht war das der Grund, weswegen ihr Vater ihn mochte. Hatte ihr Vater Klaus zu seinem Schwiegersohn-Kandidaten gemacht? Sie erinnerte sich an den Namen Jürgen, und Klaus erzählte kurz von seinem früheren Freund. Er hatte auch ein Foto dabei, auf dem zwei Angler und ein paar kleine Fische zu sehen waren. Da waren sie wieder, diese tiefen Augen.

Sie hatte dieses Foto ab diesem Tag immer bei sich und hatte sich vorgenommen, den hübschen jungen Mann mit den tiefen Augen zu suchen. Damit ihr Vater das Foto nicht sah, hatte sie es in ihrer Brieftasche zwischen wertlosen Zetteln versteckt. Immer wenn sie abends etwas traurig war und sich einsam fühlte, nahm sie es in die Hand. Leider wurde das Foto dadurch nicht besser, aber solange seine Augen zu sehen waren... Oft musste das Foto auch sehr schnell verschwinden, wenn ihr Vater unverhofft ihr Zimmer betrat. Er streichelte lange ihre Haare, versprach ihr schöne Dinge und verschwand dann wieder. Sie liebte ihren Vater. Er hatte sie noch nie unsittlich berührt, was vielleicht in anderen Familien dieser Kleinstadt häufig geschah. Nein, ihr Vater war sehr lieb zu ihr, vielleicht manchmal viel zu lieb. Sie hatte die 20 überschritten und ihr Vater wachte über sie, als ob sie 13 wäre. Der Jürgen auf ihrem Foto wurde ihr heimlicher Freund. Ihm konnte sie alles sagen, wenn es Probleme auf Arbeit gab oder wenn Klaus keine Zeit hatte, mit ihr zur Disco zu gehen.

Auf dem Weihnachtsmarkt sah sich Gabi die vielen verlockenden Angebote an. Die Händler hatten etliche Waren schon im Preis gesenkt, um am letzten Tag noch viel zu verkaufen. Ihr Vater war auch Verkäufer. Aber nicht so einer, der sich frierend auf den Weihnachtsmarkt stellte, um ein paar Kleinigkeiten zu verkaufen. Ihr Vater verkaufte große Sachen, Maschinen glaubte sie zu wissen. Da ging es nicht um kleine Beträge sondern oft um Tausende. Ihr Vater arbeitete hart, hatte eine eigene Firma, vierzehn Angestellte, einen Betriebswagen. Aber in letzter Zeit klagte er immer mehr. Das häufigste Wort, wenn er sich aufregte, war Zahlungsmoral. Er dachte schon an Stellenabbau, als erstes wohl die Sekretärin, dann seinen geliebten BMW. Sie hatte kein Auto. Was, wenn ihr Vater auch keinen Wagen mehr hätte. Als sie damals studierte, fuhr er sie jeden Montag zum Bahnhof und holte sie freitags wieder ab. Andere musste mit der Straßenbahn oder mit dem Bus fahren, sie wurde abgeholt. Sie genoss die neidischen Blicke einiger Mitstudenten.

Das Handy klingelte, mitten auf dem Weihnachtsmarkt. Ihr Vater war am anderen Ende und Sondersignale waren zu hören. Spiegelglatt war die Autobahn, sagte er. Er stand im Stau, kurz vor der Abfahrt, und die Polizei ließ keinen mehr durch. Mehrere Autos hatten sich ineinander verkeilt, ihr Vater konnte zum Glück noch anhalten. Er sprach sehr laut und wurde nur noch von einer menschlichen Sirene übertönt. Die Frau, die neben ihm saß, musste wohl am Ende ihrer Beherrschung angekommen sein. Jedenfalls kreischte sie entsetzlich, so dass sie ihren Vater kaum verstand. Sie hörte nur noch, wie ihr Vater die Frau anbrüllte. Dann brach die Verbindung ab. Wer war diese Frau? Ihre Mutter konnte es nicht sein, die war lange tot. Sie wusste, dass ihr Vater zu seinen Dienstfahrten oft einen Begleitservice in Anspruch nahm. Die Fahrten wären sonst viel zu langweilig, hatte er mal erklärt. Sie stand jetzt in der Großstadt auf dem Weihnachtsmarkt und ihr Vater steckte im Stau, mit einer hysterischen Ziege im Auto, die man in dieser Situation bei Leibe nicht gebrauchen kann. Wie lange würde er im Stau stehen, wann würde er sie hier abholen können? Ihr wurde kalt. Wie sollte sie in ihre Kleinstadt kommen, jetzt wo der Winter scheinbar alle Straßen in seine Gewalt gebracht hatte? Auf dem Weihnachtsmarkt fielen auch ein paar Schneeflocken, aber sie hatte sie nicht als Bedrohung angesehen. Das wurde jetzt schlagartig anders. Sie wusste in dieser Stadt ja nicht einmal wo der Bahnhof war. Und ihr Kleingeld war auch fast aufgebraucht. Sie kramte in ihrer Tasche. Ein paar Münzen waren noch da, für eine Bratwurst könnte es vielleicht noch reichen.

Vor einem Jahr war Weihnachten viel schöner. Ihr Vater hatte sie zur Betriebsfeier seiner kleinen Firma mitgenommen. Er hatte extra ein kleines Lokal am westlichen Stadtrand reserviert. Und da sie hier niemand kannte, konnte sie sich amüsieren wie sie wollte. In der Garderobe traf sie ihren Freund. Sie glaubte ihren Augen nicht, da stand dieser Jürgen mit den tiefen Augen. Er war in Wirklichkeit älter, als sie ihn in Ihren Gedanken bei sich hatte. Aber diese Augen! Sie waren gütig, verständnisvoll. Sie flüsterte einen Gruß und wollte sich unterhalten. Jürgen schien auch nicht dagegen zu haben. Aber die Unterhaltung wurde nach kurzer Zeit jäh unterbrochen, als ihr Vater hereinstürmte und sie in den großen Saal entführte. Sie hatte an diesem Abend von Jürgen nicht mehr viel gesehen. Ihr Vater beherrschte das Parkett und alles schien sich um ihn zu drehen. Und sie liebte ihren Vater und kostete dieses Privileg voll aus. Einige Männer waren um sie bemüht und sie machte sich einen Spaß daraus, jeden mit einer Aufgabe zu betrauen.

Heute hatte sie keinen Spaß. Sie hatte Hunger und stellte sich an der Bratwurstbude an. Der Verkäufer war unverschämt. Für eine fast verkohlte Bratwurst den vollen Preis zu verlangen, wie am ersten Tag. Andere Händler hatten Rabatte gegeben, ja den Preis sogar halbiert. Und dieser Mensch verkaufte seine Würste wie am ersten Tag. Aber sie zahlte wortlos, Streit konnte sie jetzt nicht vertragen. Auf der anderen Seite des kleinen Platzes standen einige Tische, an denen man stehend essen konnte. Sie steuerte einen an. In Gedanken war sie bei dieser Frau im Auto. Ihr war doch nichts zugestoßen? Nicht dass ihr Vater noch Probleme deshalb bekam. Diese Begleitservice-Agenturen sind da nicht zimperlich, wenn ihren Damen etwas passiert. Und ihr Vater hatte vor kurzem seine Haftpflichtversicherung gekündigt. Es wird schon nichts passieren, hatte er gesagt. Als sie kurz vor dem Tisch war, erkannte sie ihren Jürgen. Sie wäre am liebsten auf der Stelle umgekehrt. Sie war nicht auf ein Gespräch vorbereitet und sicherlich würde er fragen, was vor einem Jahr auf der Weihnachtsfeier ihres Vaters gewesen ist. Aber zum Umkehren war es zu spät. Sie versuchte zu lächeln, aber sie hatte das Gefühl, es misslang. Sie grüßte kurz und ihr Blick bohrte sich in ihre Wurst, als ob sie dort einen An-

46

ker suchte. Er hatte wunderschöne Augen, aber sie wollte diese jetzt nicht sehen. Sie hatte ihm, natürlich seinem Bild, ja alles schon tausendmal erzählt, und auch sein Verständnis erhalten. Aber ob das dieser wirkliche Jürgen auch wusste? Das Schlucken fiel ihr schwer und sie versuchte krampfhaft, nicht nach oben zu sehen. Aber auch Jürgen sagte nichts. Das kannte sie ja von seinem Foto. So war sie froh, die Bratwurst endlich aufgegessen zu haben. Sie presste ein kurzes Tschüss heraus, drehte sich schnell um und ging.

Ihr Vater war nicht gekommen. Er steckte immer noch kurz vor der Autobahnabfahrt. Zum Glück hatte er sein Handy dabei, eine Erfindung, die das Leben in vielen Bereichen um einiges einfacher machte. Dieser transportable Kommunikator hatte sich in letzter Zeit so durchgesetzt, dass er mittlerweile auch für Schüler erschwinglich wurde. Ihr Vater hatte ihr zum 18. Geburtstag ein sehr edles Teil geschenkt. Ein Handy zum Aufklappen, was damals noch eine kleine Sensation war. Und es dauerte natürlich nicht lange, bis sie alle Jungs, die sie kannte, in ihrem Telefonbuch verewigt hatte. Als es nach 22 Uhr war, hatte sie ihn noch mal angerufen. Es war still geworden bei ihm, aber er stände noch an gleicher Stelle. Er erklärte ihr kurz, wie sie zum Bahnhof kam und dass wohl halb zwölf der letzte Zug in ihre Kleinstadt abfuhr. Sie brauchte bis zum Bahnhof eine dreiviertel Stunde. Geld hatte sie keins, aber am Automaten konnte man auch mit EC-Karte bezahlen. So war sie halb zwei nachts zuhause.

Sie hatte nur kurz geschlafen, in ihrem Kopf spukte immer noch die kreischende Frau. Im Traum blutete sie und Rettungskräfte mussten sie aus dem Auto des Vaters befreien. Als die Sirene ertönte wachte sie auf. Fast wäre sie aus dem Bett gefallen. Sie stand auf und machte sich in der Küche einen Kaffee. Zu Weihnachten hatte der Vater doch immer Plätzchen im Haus. Sie sah sich um. Auf dem Küchenschrank standen mehrere Holzdosen, ideal für Plätzchen. Sie konnte gerade noch heran langen. So holte sie eine nach der anderen vom Schrank und sah hinein. Die erste war leer und wurde sofort wieder an ihrem Platz befördert. Die mittlere war nicht so schwer, wie sie sich eine Keksdose vorstellte, aber es klapperte darin. Also sah sie hinein. In der Dose lag ein Handy. Das gleiche Fabrikat, wie sie und ihr Vater eins hatten. Vielleicht wollte ihr Vater noch eine andere Person beschenken, vielleicht Klaus? Sie würde es sofort wieder hineinlegen, aber sie wollte es nur mal kurz anschalten und sich überzeugen, ob das Display noch genauso aufgebaut war wie bei ihr. Das Handy war aber nicht aus, es war an und ins Mobilfunknetz eingebucht. Zu ihrer Enttäuschung war der Anblick des Displays genauso wie sie es von ihrem Handy kannte. Hatte ihr Vater vielleicht schon Namen im Telefonbuch verewigt? Sie erschrak, als das Telefonbuch genauso voll war wie das ihre. Es war kein neues Handy, das war ihr nun klar. Es musste Vaters Handy sein. Schnell verstaute sie es in der Dose und stellte alles wieder an seinen Platz. Während sie Kaffee trank überlegte sie. Sie hatte ihn doch auf der Autobahn auf seinem Handy angerufen. Hatte er ein neues Handy? Ihr fiel ein, dass er vor zwei Wochen so etwas sagte. Er brauche dringend ein neues Handy, hatte er verkündet und gesagt, dass er das alte Handy in Zahlung geben wolle. Wieso war das alte Handy noch da und wieso klingelte es auf der Autobahn und nicht in der Dose, als sie ihn anrief? Sie hatte sich um technische Einzelheiten nie gekümmert. Das hatte alles immer ihr Vater gemacht.

Sie hatte ihren Kaffee nun ohne Plätzchen getrunken. Es war gegen vier Uhr und draußen fielen zum ersten Mal in diesem Jahr dicke Flocken. Sie starrte in die Dunkelheit und grübelte. Aber sie kam zu keinem Ergebnis. Also musste sie etwas tun, was sie noch nie im Leben getan hatte. Sie schlich sich in das Schlafzimmer ihres Vaters und öffnete die mittlere Schublade seines Schreibtisches. Dieses alte Möbel hatte sie immer fasziniert. Als sie noch klein war, hatte sie sich oft darunter versteckt. Aber sie hatte noch nie hinein gesehen. Die Schublade klemmte ein wenig und beinahe wäre sie ihr aus der Hand gefallen, als sie urplötzlich den Widerstand aufgab. Sie legte die Schublade auf den Boden, konnte aber dort nichts sehen. Licht machen wollte sie nicht, sie rechnete ja in jedem Moment mit ihrem Vater. Und der hätte selbst eine Taschenlampe von draußen sofort bemerkt. Also legte sie die Schublade aufs Bett, dort wo die Straßenlaterne einen kleinen Streifen ihres Lichts in das Zimmer ließ. Viel konnte sie auch hier nicht sehen, aber es reichte, um zu erkennen, dass sein schwerer Terminkalender obenauf lag. Sie verschob die Schublade so, dass das Laternenlicht den Terminkalender quer traf, so dass man eine ganze Zeile lesen konnte. Der Terminkalender war schon vorgeblättert. Die erste Januarwoche war zu sehen und für Mittwoch stand 'Besprechung' im Kalender. Nichts Aufregendes, sagte sie zu sich und wollte die Kalenderseite gerade zur Weihnachtswoche umschlagen. Da fiel ihr Blick auf einen Namen in seinem Kalender, der bisher nur in ihrer Gedankenwelt existierte. Sie dachte bei dem Namen Jürgen sofort an den jungen Mann, den sie erst heute, na gut, gestern auf dem Weihnachtsmarkt gesehen hatte. Und sie dachte an ihr heimliches Foto, wusste aber, dass dort kein Name drauf stand. Als sie den Lichtstrahl der Laterne noch etwas nach unten dirigierte, las sie das

Wort Entlassung. Dieser Jürgen, ihr heimlicher Freund Jürgen, der junge Mann, den sie erst gestern gesehen und so schlecht behandelt hatte, war der Angestellte ihres Vaters. Ihr Vater war sein Chef!

Draußen knackte es. Sie erschrak. Aber sie hatte kein Auto gehört. Mit der Schublade in der Hand schlich sie sich zum Fenster. Vorsichtig sah sie hinter der Gardine hervor. Aber draußen war nichts Ungewöhnliches zu entdecken. Weder ein Auto noch ein Fußgänger hatten ihren Hof befahren oder betreten. Was an dem Schnee sehr gut zu erkennen gewesen wäre. Ihre Gedanken fingen an zu kreisen. Wollte ihr Vater Jürgen loswerden? Hatte er doch gemerkt, dass sie sein Foto immer bei sich trug? Sie wusste keine Antwort, aber sie wollte ihre heimliche Liebe nicht aufgeben. Sie musste ihn warnen. Sie versuchte in ihrer Hast, die Schublade wieder in den Schreibtisch zu schieben, aber es wollte ewig nicht gelingen. Endlich gab sie wieder nach und war am alten Platz. Gabi überlegte. Sie hatte seine Handynummer nicht. Vielleicht hatte ihr Vater die Nummer in seinem Terminkalender? Aber nun klemmte die Schublade von Anfang an und lies sich zu keinem Millimeter überreden. Als dann noch draußen ein Hund kläffte, geriet sie in Panik. Sie verließ schnell den Raum und fühlte sich erst sicher, als sie ihr eigenes Zimmer erreicht hatte. Ihr Herz schlug bis zum Hals und lies sich nicht unter

Kontrolle bringen. Dann fiel ihr wieder die klemmende Schublade ein und sie war nicht mehr zu bremsen. Sie hatte Angst. Ihr Vater hatte sie einmal dabei erwischt, als sie seinen Aktenkoffer öffnete. Sie war erst elf, aber das hielt ihn nicht davon ab, sie übers Knie zu legen und auf sie einzuschlagen. Dann schien er sich wohl zu besinnen, ließ sie los und brach weinend zusammen. Der Hintern hatte ihr eine Woche wehgetan. Sie hatte die Schule geschwänzt und war kaum aus ihrem Zimmer gekommen. Aber das verging. Was sie viel mehr schmerzte war die Erinnerung, ihren Vater heulend am Boden zu sehen. Sie liebte doch ihren Vater. Er war bis dahin für sie wie eine Eiche, durch nichts zu erschüttern. Aber seitdem brannte die Erinnerung in ihr von einem Vater, dem plötzlich alle Kräfte versagten.

Der Schnee glitzerte unter ihren Füßen, es war kalt und windig. Sie hatte zwar ihre feste Jacke gegriffen, aber den Schal hatte sie vergessen in der Eile. In den Koffer hatte sie einfach nur drei Fächer ihres Schrankes geleert. Für eine Auswahl hatte sie keine Zeit. Die Reisetasche stand noch von ihrem Studium in der Ecke und sie erinnerte sich, dass die Tasche alles enthielt, was man im Wohnheim so brauchte. Ihre Winterstiefel standen noch am Eingang, aber sie verließ das Haus lieber durch die Hintertür über den Hof. Gabi vermied es, die Straße zu benutzen, auf der der Vater nachhause kommen würde. Nach einer viertel Stunde war sie so weit vom Haus entfernt, dass sie sich eine Pause gönnte. Sie war Hals über Kopf von zuhause weg, aber nun stand sie im Dunkeln auf der Straße und wusste nicht, wohin. Sie hatte zwar ihr Handy dabei, aber sie wollte doch zu diesem Jürgen, um ihm alles zu erzählen. Aber sie hatte nicht seine Telefonnummer. Sie fingerte in ihrer Brieftasche und beförderte das Foto zu Tage. In der Dunkelheit konnte sie die Gesichter nicht erkennen, aber sie wusste, dass Jürgen links auf dem Foto stand. Du bist nun noch der Einzige auf der Welt, der mich verstehen kann. Sie sagte es wie immer dem Mann auf dem Foto, der schon so manches Geheimnis von ihr gehört hatte und verschwiegen war wie ein Grab. Aber wie wird der echte sein? Seine Augen, seine tiefen Augen, die sie damals so faszinierten, waren gestern auf dem Weihnachtsmarkt kaum zu sehen gewesen. Sie hatte aber auch nicht richtig hingesehen, musste sie sich tadeln. Sie sah wieder auf das Foto. Auf dem Foto war ja noch ein junger Mann zu sehen. Den kannte sie, der wohnte am anderen Ende ihrer Kleinstadt. Jetzt fiel ihr ein, dass die beiden Männer ja Freunde waren. Gut, es war schon lange her, aber das Foto hatte sie erst vor drei Jahren bekommen. Da hatten Klaus und Jürgen zusammen am

See gesessen. Klaus war jetzt ihre letzte Hoffnung, mit Jürgen in Kontakt zu treten.

Der Bahnhof war noch geschlossen als sie ankam. Sie suchte sich eine Ecke, wo der Wind nicht gar so sehr pfiff. Sie entnahm dem Koffer eine Leggins und benutzte sie als Schal. Besser als gar nichts, dachte sie. Sie hatte Klaus angerufen. Dieser war total erschrocken, sagte aber zu, ihr zu helfen. Er fragte noch wo sie steckte und bot auch seine Wohnung an. Aber Gabi wollte zu Jürgen. Es könne etwas dauern, sagte er, er rufe auf alle Fälle zurück. Das war vor einer halben Stunde gewesen. Über ein paar Schleichpfade, die noch passierbar waren, hatte sie bald den Bahnhof erreicht. Klaus hatte noch nicht angerufen und so langsam kroch die Kälte die Beine hinauf. Sie sah auf die Uhr, es war erst halb sechs. Sie überlegte krampfhaft, wann der erste Zug fuhr. Denn dann würde man sich auch in das Bahnhofsgebäude setzten können. Sie erinnerte sich, zuhause in ihrem Bett manchmal in der Nacht einen Zugpfiff gehört zu haben. Wenn sie dann auf ihr Weckradio sah war es immer so gegen... Ihr Handy klingelte. Klaus war dran und er hatte die Handynummer von Jürgen. Er wollte noch erzählen, wie viel Papier dafür zu wälzen war, aber sie bedankte sich schnell und legte auf. Jetzt oder nie, sagte sie sich, und tippte die Handynummer ein.

Sie wusste im ersten Moment nicht so richtig, wie sie beginnen sollte. Ihr fröstelte und sie fragte vorsichtig, ob er heute ins Büro kommen würde. Dann fiel ihr ein, dass ihr Vater sich für Freitag frei genommen hatte. Also musste er sicherlich heute nicht zum Büro. Er antwortete auch nicht direkt. Fast wäre ihr das Handy aus der Hand gefallen, als die Lok am Bahnübergang ihren ersten Pfiff von sich gab. Aber sie nahm sich zusammen. Jetzt war auch für Jürgen nicht zu überhören, wo sie war. Sie erklärte kurz, dass sie am Bahnhof stand und mit ihm sprechen müsse. Sie erzählte, dass sie sonst nicht wüsste wohin, oder wie sie in die Großstadt kommen sollte. Der erste Zug direkt dorthin fuhr erst in drei Stunden, die Bummelzüge waren ewig unterwegs. Jürgen war sofort bereit, sie direkt von ihrem jetzigen Bahnhof abzuholen. Als endlich die Türen des Bahnhofes geöffnet wurden, konnte sie sich hinein setzen.

Gabi gab sich einen Ruck. Gestern Abend hatte mein Vater angerufen, sagte sie. Das konnte er sich schon denken. Er kannte ihren Vater gut. Sie arbeiteten ja nun schon fast acht Jahre zusammen. Er war sein Chef, aber wo er so richtig wohnte, wusste er nicht. Um sich familiär näher zu kommen, hatte sein Chef immer diese Betriebsfeiern organisiert. An die Frau vom Chef konnte er sich nicht mehr erinnern, sie war nur einmal am Anfang dabei gewesen. Er erinnerte sich, dass dann mal für etwa zwei Monate ihr Bild im schwarzen Rahmen hing. Danach wurde das Büro umgeräumt. Und niemandem fiel auf, dass im neuen Büro ihr Bild fehlte. Sie musste eine schlimme Krankheit gehabt haben, an der auch sein Chef fast zerbrochen wäre. Er redete nie darüber, zog sich noch mehr Arbeit an Land und vergrub sich in seinen Büchern. Und zu fragen traute sich keiner. Als sie gestorben war, blühte sein Chef wieder auf. Er hatte auch im Geiste die Krankheit erfolgreich verdrängt und stellte sich wieder dem Leben. Ob er Kinder hatte und um was für eine Krankheit es sich handelte, wusste niemand. Es interessierte keinen. Sein Chef leitete seine Firma souverän und sicherte so etlichen Mitarbeitern aber auch Zulieferern die Arbeitsplätze. In den letzten zwei Jahren ging der Umsatz erstmalig zurück und es verwunderte nicht, dass der Chef noch mehr als sonst draußen herum fuhr.

Jürgen erinnerte sich wieder an die Betriebsfeier vor einem Jahr. Er war mit seiner Frau dort. Und sein Chef brachte Gabi mit. Jürgen erkannte sie, seine heimlich Sehnsucht sofort, aber er dachte damals im Ernst, sein Chef hätte seine neue Freundin mitgebracht. Auf die Idee, dass sein Chef Kinder haben könnte, war er gar nicht gekommen. Und da sein Chef nach dem kurzen Gespräch mit ihr in der Garderobe sie sofort in den Saal schleppte, war für ihn damals sonnenklar: hier hast du keine Chance. Gabi unterstrich das noch durch den häufigen Blickkontakt mit seinem Chef. Heute könnte er sich ohrfeigen, aber damals hatte er auch nicht gewusst, dass sie heimlich ein Foto von ihm bei sich trug. Der Abend war dann doch noch aus dem Ruder gelaufen, als sich seine Frau ihrem Freund aus Kinderjahren an den Hals geworfen hatte. Er hatte Mühe, die beiden zu trennen und das, was vermeintlich ihm gehörte, nachhause zu schaffen. Das gab natürlich zuhause noch einen mächtigen Krach und als er so richtig kochte, versuchte er sich irgendwo abzureagieren. Ihm fielen die geschnitzten und gedrechselten Weihnachtsfiguren in die Hände und da er es sowieso für viel zu übertrieben hielt, zerschmetterte er einige mit Wucht auf dem Boden. Für ihn waren es Holzfiguren, er merkte erst später, dass mit jeder Figur auch in ihrem Herzen etwas zerbrach.

Jürgen sah Gabi an, aber er konnte ihrem Blick nicht standhalten. So zog er sie langsam zu sich und vermied es damit, direkt in ihre Augen sehen zu müssen. Mein Vater war sehr aufgebracht gestern, sagte sie leise. Zuerst hat er fürchterlich gebrüllt, von ihr wissen wollen, was sie sein Schreibtisch anginge. Dann hatte er wieder angefangen zu weinen. Er hatte gefleht, sie solle ihn nicht allein lassen. Sie stellte sich wieder vor, wie er damals heulend auf dem Boden lag. Ihre Mutter konnte ihr damals nicht helfen, sie war für ein halbes Jahr im Krankenhaus. Auch später war sie zu schwach, um ihm in einer solchen Situation Paroli bieten zu können. Gabi wollte nicht, dass ihr Vater leidet, ihretwegen leidet. Sie liebte ihren Vater sehr und wollte wieder zurück. Ich weiß, sagte sie zu Jürgen und suchte seinen Blick. Ich weiß, ich habe mein Temperament auch nicht immer im Griff. Wenn du mir hilfst, werde ich damit vielleicht besser fertig. Ihre Augen waren teilweise mit Tränen benetzt, aber dadurch funkelten sie noch mehr als sonst. Nur nichts kaputtmachen, ging es ihm durch den Sinn, und er küsste sie zaghaft, bis sie mit ihrer Leidenschaft das Zepter übernahm.

Wenn die Feiertage vorbei sind und das neue Jahr begonnen hat, werden sich alle in der Firma versammeln. Meist am Mittwoch nach Neujahr führt der Chef seine Neujahrs-Zeremonie durch. Da das Geld knapp ist, wird er diesmal keine Handwerker der Zulieferer einladen können. Aber im Firmenkreis wird es schon einen kleinen Umtrunk geben. Jürgen kannte ja seinen Chef. Nur Dr. Krümpfer, der Buchhalter, war länger mit dem Chef zusammen als er. Aber mit diesem Federfuchser verstand er sich nicht gut, übrigens kaum jemand aus der Firma. Sein Humor war oft sehr trocken und nachdem er über einen Witz gelacht hatte, musste er ihn auseinander nehmen und aus verschiedenen Sichtwinkeln betrachten. Das konnte dann selbst der Chef nicht aushalten, aber da reichte ein Blick und der Erbsenzähler war wieder still. Eigentlich war dieser Mittwoch immer ein guter Auftakt für das Jahr. So hatte es Jürgen in Erinnerung. Aber diesmal war alles anders, dachte er. Er hatte sich in die Tochter des Chefs verliebt, von deren Existenz bisher niemand in der Firma etwas wusste. Er hatte von Schwächen und Problemen seines Chefs gehört, die kein Chef gern ausplaudert. Und er hatte seiner Tochter sogar geholfen, als sie von ihm weg wollte. Nicht absichtlich, schließlich kannte er ja die Zusammenhänge erst seit gestern. Aber er muss auch seinem Chef helfen, dachte er. Diese persönlichen Probleme sollten geklärt werden, bevor das neue Jahr anfängt. Gleich morgen wird er seinen Chef anrufen. Oder seinen zukünftige Schwiegervater? Aber er wollte nichts überstürzen. Gabi hatte es sich auf dem Sofa bequem gemacht und eng umschlungen sahen sie ins Weihnachtsfernsehen.

Die Fahrt in die Berge - 26. Dezember

Diese Nacht war nicht so hart. Jürgen hatte etwas umgeräumt, er hatte sein Bett quer hingestellt und den fehlenden Raum mit allem Möglichen ausgestopft. Nun lag einer im Bett und einer daneben, aber auf gleicher Höhe. Heute war Jürgen als erster wach und kochte schon den Kaffee, als sie sich noch einmal auf die andere Seite drehte. Er ließ sie schlafen. Wenn sie ihre Augen geschlossen hatte, konnte man ihr Haar besser betrachten, stellte er fest. Sie hatte sehr schönes helles Haar. Sie brauchte keine Bleichmittel, um schön auszusehen. Bei ihr hatte die Natur ganze Arbeit geleistet. Beim Anblick dieses schlafenden Engels wurde ihm wieder bewusst, wie neidvoll alle seine Freunde gucken würden, wenn er mit ihr auftauchte. Das könnte er ja noch genießen, aber er hatte auch Angst, ein Anderer könnte sie ihm ausspannen. Dann erinnerte er sich an sein Foto bei ihr und verwarf den letzten Gedanken sofort wieder. Sie streckte sich und öffnete ihre Augen. Erst das eine und dann auch das andere. Das erhöhte noch die Wirkung. Denn diese Augen sind wie Magnete: man kann noch so oft woanders hinsehen, der Blick gleitet immer wieder zu ihnen zurück.

Auch in der Abstellkammer hatte Jürgen ein paar Veränderungen vorgenommen. Bisher hatte er ja allein die Aussicht genossen. Nun wollte er natürlich mit ihr zusammen übers Tal blicken. Sie nahm es wohlwollend zur Kenntnis, da es für sie zwei Tatsachen bestätigte. Er war bereit, sein Leben zu ändern, wenn sie zusammen bleiben wollten. Und er teilte gern. Seine Augen faszinierten sie immer wieder. Diese blauen bis braunen Augen sagten mit wenigen Blicken mehr als andere mit vielen Worten. In diesen Augen konnte sie erkennen, dass er es ehrlich meinte und sie wirklich liebte. Und dass er Angst um sie hatte. Es war ihr angenehm, aber eigentlich nutzlos, fand sie. Was sollte ihr zustoßen. Sie frühstückten bei Sonnenschein und das hatte auch Auswirkung auf ihre Stimmung. Sie würden es heute brauchen können, schließlich hatten sie sich zu einem schweren Gang entschlossen.

Der alte Opel blieb was er war, ein alter Opel. Fast wäre er nicht angesprungen, aber Gabi hatte ein goldenes Händchen. Während Jürgen recht sachlich den Zündschlüssel im Schloss drehte und so den Anlasser mit der Batterie verband, streichelte sie den alten Herrn, sprach ihm Mut zu und versprach ihm sogar eine Extra-Portion vom feinsten Öl, damit er sich entschloss, mit ihnen auszufahren. So hatte Jürgen seine alte Karre noch nie gesehen. Aber als sie Erfolg hatte und der Motor ansprang, obwohl der Anlasser schon heiser klang, zollte Jürgen ihr Respekt. Nun hatte er wieder die übermütige Gabi an seiner Seite. Sie lachte über jede Schneeflocke, die sich im Gartenzaun verfangen hatte. Erst als er achtlos an der ersten Tankstelle vorbei fuhr, sah sie ihn ganz kurz mit giftigem Blick von der Seite an und er erkannte: das mit dem Öl hatte sie nicht nur so daher gesagt. Die nächste Tankstelle war zum Glück nicht weit, so dass sie den alten Herrn nicht lange beruhigen musste. Jürgen blieb sitzen und war nun neugierig, was sie tun würde. Denn ehrlich gesagt, er wusste überhaupt nicht, was sie eigentlich bezweckte. Sie genoss ihren Auftritt, als sie dem Tankwart gegenüber stand und Jürgen konnte innerlich genießen, dass sie zu ihm gehörte. Der Tankwart verstand und öffnete die Motorhaube. Jetzt steckte Jürgen in der Zwickmühle. Würde er jetzt aussteigen, hätte er ihren Auftritt gestört. Blieb er sitzen, konnte er nichts sehen. Ihr Sicherheit zu geben, siegte über seine Neugier. Es dauerte circa 20 Minuten und das ist eine verdammt lange Zeit, wenn man nichts sieht. Dann wurde die Motorhaube wieder geschlossen und Gabi verschwand mit dem Tankwart im Gebäude. Mit einem kleinen Kassenzettel trat sie wieder aus der Tür und Jürgen beeilte sich, seinen alten Herrn um Entschuldigung zu bitten und zugleich Gabi als Engel hinzustellen. Sie sollte es nur nicht hören.

Der Ölwechsel war Klasse, Jürgen merkte, dass der Motor runder lief. Er wusste noch nicht, welches Öl sie gewählt hatte, aber es musste ein gutes sein. In bester Stimmung erreichten sie den großen Berg vor ihrer Kleinstadt. Das dürfte auch diesmal kein Problem sein. Es war kein Fahrzeug vor ihnen und der Motor hatte frisches Öl. Gabi sagte keinen Ton, sie kannte wohl diesen Berg schon länger. Bis zur halben Höhe rollte der Wagen auch wie er sollte und Jürgen malte sich schon den Winterwald aus, der sie danach erwartete. Doch in diesem Augenblick erblickte er den Motorradfahrer, der bergab rollte. Er war noch nicht ganz auf ihrer Höhe als sein Hinterrad plötzlich zu wedeln anfing. Jürgen kannte diese Situation, sie war ihm in jungen Jahren mal auf regennasser Straße passiert. Es klappte auch diesmal nicht lange und der Motorradfahrer hatte seine Maschine nicht mehr unter Kontrolle. Um eine Kollision zu vermeiden, hielt Jürgen sofort an, ja er machte sogar den Rückwärtsgang hinein, um ausweichen zu können. Wohin, Motorradfahrer, wird deine Reise gehen, ging es ihm durch den Kopf. Dann ging alles ganz schnell. Der Motorradfahrer hatte sich von der Maschine getrennt und hielt genau auf Jürgen zu. Gabi erstarrte, aber sie schrie wenigstens nicht. Jürgen hatte die Situation erfasst und lies sich schnell rückwärts rollen. Der Motorradfahrer segelte an ihnen vorbei und verschwand im Schneehaufen des Straßengrabens. Dreimal musste Jürgen tief durchatmen, bis er den Motor abstellte, die Wagentür öffnete und dorthin rannte, wo er den Motorradfahrer vermutete. Er hatte ihn entdeckt und versuchte ihn, aus der Schneewehe zu ziehen. Aber es war noch zu viel Schnee über ihm. Dann plötzlich stand Gabi neben ihm und gemeinsam brachten sie den Fahrer auf die Straße, bevor auch nur ein anderer Helfer mit anpacken konnte. Durch seinen Integralhelm hatte der Fahrer nicht allzu viel Schnee im Gesicht und Gabi nahm ihm vorsichtig den Helm ab. Er atmete, wenn auch etwas stoßweise, aber alle waren erleichtert. Jürgen erkannte ihn zuerst. In voller Montur und so vermummt hätte er ihn fast nicht erkannt. Gabi kniete vor Klaus.

Klaus war noch etwas benommen von der Rutschpartie, sonst war ihm aber weiter nichts passiert. Ein Glück, dass sich Motorradfahrer im Winter besonders dick einpacken, dachte Jürgen. So hatte er auch keine Schürfwunden, nur ein paar kleine Prellungen. Aber das interessierte die Rettungssanitäter nicht, die fünfzehn Minuten nach dem Unfall eingetroffen waren. Sie mussten doch ihr Beweisstück abliefern und außerdem kann man nie wissen, sagten sie. Der Rettungswagen hatte Schneeketten, wendete am Berg und fuhr in die Richtung zurück, aus der er gekommen war. Das

Motorrad wurde in den anderen Straßengraben diri-
giert und bergab war der Verkehr bald wieder im
Gange. Als alle Fahrzeuge abwärts durch waren,
versuchten die Bergauf-fahrenden, Jürgens Opel zu
überholen und einer nach dem anderen fuhr an ihm
vorbei. Gabi und Jürgen standen noch neben ihrem
Fahrzeug und versuchten zu verarbeiten, was sie
soeben erlebt hatten. Sie sahen sich an, sagten aber
kein Wort. Es war eine komische Situation, ihr
Opel-Opa stand am Berg und die Insassen hatten
Herzflattern. Aber Gabi wäre nicht Gabi, wenn sie
nicht die Initiative ergriffen hätte. Jürgen stieg ein,
weil sie es sagte und er lies den Motor an, weil sie
es sagte. Nur mühsam rollte der Opel an und kam
ganz langsam in Fahrt. Und mit zunehmender Geschwindigkeit wich auch die Starre von Jürgen. Als
sie mit einiger Verspätung den Berg erklommen
hatten, waren sie schon wieder fröhlich. Es war ja
fast nichts passiert. Nur ihr Fahrziel hatte sich jetzt
geändert.

Klaus fand es fürchterlich affig, dass die Rettungssanitäter ihn wie einen Schwerverletzten auf
die Trage legen wollten. Er dachte mit Wehmut an
sein Motorrad, welches er dort mitten auf der Straße zurücklassen musste. Und er dachte an seinen
Auftrag, den nur ein Motorradfahrer so schnell
durchführen konnte. Eigentlich ging es um Leben
und Tod und diese Retter sahen in ihm den Kran-

ken. Er musste seinen Club anrufen, von seinem Auftrag erzählen und sie bitten, statt seiner die riskante Tour zu unternehmen. Aber sein Handy, immer in der rechten Beintasche des Anzuges und auch sonst immer dabei, hatte den Sturz nicht überlebt. Geschockt zog Klaus sein lebloses Handy aus der Tasche und zeigte es den Sanitätern. Die begriffen sofort, boten ihm auch ihre Handys an, aber die Rufnummern der Freunde aus dem Club hatten sie nicht. Er wollte das Handy öffnen, sozusagen eine Organspende an ein gesundet Handy durchführen, aber es lies sich nicht öffnen. Er musste wohl mit seinem vollen Gewicht drauf gefallen sein. Die Rufnummern der Freunde rückten in unerreichbare Entfernung und er dachte wieder an seinen Auftrag. Er merkte nicht, dass sein ganzes rechtes Bein schmerzte.

Der Opel hatte nun wieder seine guten Eigenschaften gezeigt und sie waren schnell in der Kleinstadt angekommen. Jürgen war nicht mehr nur verdammt verliebt in dieses Mädchen, nein er war auch fürchterlich stolz auf sie. Sie hatte in einer Situation bewiesen, wozu sie fähig war, die keiner trainieren kann. Meist werfen unerwartete Ereignisse Menschen aus der Bahn, die ansonsten mit beiden Beinen im Leben stehen. Gabi hatte bewiesen, dass auch Frauen in der Lage waren, schwere und unerwartete Situationen zu meistern. Bei sich war

er nicht mehr so überzeugt. Zwar hatte er richtig re-
agiert, und auch sofort Hilfe geleistet. Aber als er
Klaus erkannt hatte, war er so erschrocken, dass er
nicht mehr klar denken konnte. Erst Gabis Anweisungen haben ihn wieder zum Funktionieren gebracht. Sie hatten den Bahnhof passiert, aber sie
konnten jetzt nicht zu Gabis Vater fahren. Da sie
sich nicht angekündigt hatten, mussten sie den Termin wohl verschieben. Und wenn es heute nicht
mehr klappte, dann eben erst morgen. Klaus ging
vor. Jürgen konnte sich gar nicht erinnern, ihn
schon mal im Motorradfahrer-Anzug gesehen zu
haben. Und warum war er jetzt mit dem Motorrad
unterwegs? Aber auch zum Krankenhaus fuhren sie
nicht. Hier hätten sie einbiegen müssen. Nein, er
war versorgt und in guten Händen. Sein Motorrad
nicht! Gabi wusste, wo der Club war und lotste Jürgen durch die engen Gassen der kleinen Stadt. Das
Tor war offen und das bedeutete, dass mindestens
einer auf dem Hof war. Gabi stieg aus. Drei Freunde des Motorrad-Sports waren da. Jürgen wusste
nicht so recht, wie er sich jetzt verhalten sollte. Die
Jungs dieser Stadt mussten Gabi schon viel länger
kennen als er. So wollte er im Hintergrund bleiben
und sehen was sie tat. Aber auch hier hatte er nicht
mit Gabi gerechnet. Sie schätzte die Situation ebenso ein, aber sie war fest entschlossen, ihren Neuer-
werb zu verteidigen. Jürgen schloss extra leise die

Autotür, um ihren Auftritt nicht zu stören. Aber Gabi ging um das Fahrzeug herum und küsste Jürgen so leidenschaftlich, dass er das Umfeld vergaß und auch sie innig küsste. Es waren nur drei Freunde anwesend, aber sie gaben spontan kräftigen Applaus und die Situation war ein für alle mal geklärt. Ja, sie kannten alle Gabi schon seit der Schulzeit, aber keiner hatte Gabi bisher soweit aus der Reserve locken können.

In weniger als fünfzehn Minuten war der ganze Club gefüllt. Jeder hatte jeden angerufen und Klaus' Unfall verbreitet sich wie ein Lauffeuer. Gabi hatte schon eine Einteilung vorgenommen. Drei Freunde fuhren ins Krankenhaus, Klaus beizustehen, ihn abzuholen oder sonst zu helfen. Fünf große Kerle fuhren zu den Garagen, um einen Pickup zu besorgen, worauf das Motorrad verladen werden könnte. Zwei der Neulinge fuhren inzwischen zum Berg, das Motorrad sicherstellen. Sie wurden sogar mit Sprechfunk ausgerüstet, um jede Änderung sofort zu melden. Sie waren zwar Neulinge im Club, beherrschten aber ihre Maschinen gut. Zehn Minuten später meldeten sie sich vom Berg und bestätigten, dass das Motorrad noch da war. Alle waren erleichtert. Jetzt fehlte eigentlich nur noch die Meldung aus dem Krankenhaus. Aber auch diese traf fünf Minuten später ein. Klaus geht es gut, hieß es, aber er müsste doch mit einem Auto transportiert werden. Hier griff Jürgen ein, schnappte sich einen der aussah, als ob er sich hier auskennen würde und fuhr, von diesem gelotst, auf kürzestem Weg zum Krankenhaus am Rande der Stadt. Gerade kam Klaus aus der automatischen Tür gehumpelt. Ein Bein weiß, das andere schwarz wie die übrige Kombi. Sein Bein hatte also doch etwas abbekommen, als die schwere Maschine zur Seite kippte. Als Klaus in Jürgens Auto saß, übernahmen zwei Fahrer des Clubs Klaus' Auftrag, aus der Apotheke einer über 150 Kilometer weit entfernten Stadt ein wichtiges und zu dieser Zeit nur dort verfügbares Medikament zu holen.

Gabi fühlte sich in dieser Motorradgruppe sehr wohl. Sie kannte die meisten, viele waren mit ihr in die Schule gegangen. Aber auch Jürgen wurde begeistert aufgenommen, schließlich hatte er Klaus das Leben gerettet. Und Gabi erobert! Jürgen und Gabi verabschiedeten sich, oder besser, sie wurden verabschiedet. Die Club-Freunde wollten ihren Song singen, aber zum Schluss war es nur noch ein Gekrächze und ging dann in der allgemeinen Unterhaltung unter. Aber das hörten Gabi und Jürgen nicht mehr und je näher sie der Wohngegend von Gabis Vater kamen, umso schweigsamer wurden sie. Jürgen kannte den Weg nicht und folgte Gabis Anweisungen. Aber als es plötzlich nicht mehr weiter ging, gab Gabi zu, ihm den falschen Weg gewiesen zu haben. Sie hatte Angst bekommen und ihr Blick, der noch vor zehn Minuten die Welt hätte retten können, war wieder unsicher. Jetzt war es an Jürgen, sie aufzubauen. Er stellte das Auto auf einem günstigen Platz ab und sie machten einen kleinen Waldspaziergang. Er hielt sie in den Armen und sie war wieder das kleine, unentschlossene Mädchen. Er ließ sie die Wärme spüren, die er bereit war zu geben. Wie sollte er jetzt anfangen? Den ganzen Tag war Gabi souverän aufgetreten, hatte sogar den harten Motorrad-Freaks gezeigt, wo es lang ging. Und vor ihrem Vater wurde sie wieder klein. Jürgen hoffte, die richtigen Worte zu finden. Aber zu seinem Erstaunen raunte Gabi, dass sie ihm etwas sagen müsse. Sie hatte ihm vorgestern die ganze Geschichte erzählt. Er nickte. Aber sie hatte einen wichtigen Punkt weggelassen. Er wagte nicht zu atmen. Ihm kamen Zweifel an der Geschichte. Warum hatte sie etwas weggelassen, und was? Sie erzählte noch einmal vom Schreibtisch des Vaters. Auch das Detail mit seinem Namen kannte Jürgen. Das Wort 'Entlassung' war neu. War wirklich er gemeint, hatte sie in der Dunkelheit richtig gelesen? Er war einigermaßen fassungslos. Aber er ließ Gabi nicht los. Er presste sie eher noch fester. So als ob er sie nun erst recht nicht mehr hergeben wolle. Sie war froh, dass es raus war. Sie hatte es bei der Erzählung vor zwei Tagen für nicht so wichtig erachtet, wusste sie ja auch noch nicht, wie er reagieren würde. Und später hatte sie es zuerst verdrängt und dann vergessen. Erst kurz vor dem Haus ihres Vaters war es ihr wieder eingefallen und sie ignorierte die richtige Straßeneinfahrt, um noch einmal kurz mit Jürgen reden zu können.

Das Haus ihres Vaters war Gabi vertraut. Der Holzstapel vorm Haus stand noch unberührt, also hatte Vater noch Holz hinterm Ofen. Die weiße Decke auf den Beeten war ihr ebenso vertraut wie die Eiszapfen, die sich am Westgiebel bildeten, wenn der Ofen geheizt worden war. Jürgen war langsam bis in die Nähe der Einfahrt gefahren und sie saßen noch im Auto. Er sah Gabi an und wiederholte seinen Vorschlag von vorhin. Sie nickte und war auch etwas erleichtert, dass er den ersten Schritt übernommen hatte. Und dass Jürgen ihren Vater kannte. Jürgen stieg aus und betrachtete das Grundstück. Der Schnee in der Einfahrt zeugte davon, dass hier seit Tagen kein Auto bewegt worden war. Bis zum Haus waren es nur ein paar Schritte, gerade mal zwei Autos hätten hintereinander Platz gefunden. Der Briefkasten quoll über. War sein Chef überhaupt zuhause? Der Rauch, der aus dem Schornstein leise in den Himmel zog, bestätigte ihm aber, dass jemand geheizt haben musste. Er klingelte. Er wartete vielleicht zwei Minuten, bevor er ein zweites Mal klingelte. Es schepperte drin. Fluchen war zu hören. Das Fluchen kannte er. Im Büro hatte er beim Chef stets geklopft und wusste genau, wenn er dieses Fluchen hörte, wollte der Chef nicht gestört werden. Er zögerte schon, aber er war nicht dienstlich hier. Jedenfalls nicht vorrangig, obwohl ein wichtiger betrieblicher Aspekt vorhin am Waldrand dazugekommen war. Schritte hinter der Tür ließen vermuten, dass gleich geöffnet wurde. Aber Gabis Vater rief nur von drinnen, er hätte keine Zeit. Jürgen klopfte, um zu bestätigen, dass er noch vor der Tür stand. Gabis Vater öffnete einen kleinen Spalt und erkannte seinen Mitarbeiter. Er öffnete die Tür nun ganz und starrte den Eindringling an. Noch nie in seinem Firmen-Leben war ein Mitarbeiter bei ihm erschienen. Er hatte seine Adresse nicht an die große Glocke gehängt. Und er war jederzeit über Telefon oder Handy erreichbar. Das wussten alle.

Was wollen Sie, hatte Helbert gefragt. Er konnte sich keinen Reim darauf machen, wieso sein Büro-Mitarbeiter zum Weihnachtsfeiertag vor seiner Tür stand. Soweit er sich erinnern konnte, wohnte dieser Mensch in der Großstadt. Was war so wichtig, ihn in seiner Privatsphäre zu stören? Seine Laune war sowieso nicht die Beste. Er hatte heute früh geheizt, bis ihm wieder eingefallen war, dass seine Tochter auf und davon gelaufen war. Zwar hatte er sie angerufen, sie angefleht zurück zu kommen, aber sie hatte sich seither nicht wieder gemeldet und über ihr Handy war sie nicht mehr erreichbar. Sicherlich, sein letzter Arbeitstag war eine Katastrophe. Zuerst hatte er seinen Terminkalender vergessen. Dann rief der Begleitservice an und sagte ab. Zum Glück war seine Bekannte bereit, an diesem Tag mitzufahren. Sie wohnte hinter der Autobahn und nachdem er seine Tochter auf dem Weihnachtsmarkt abgesetzt hatte, war er zu ihr gefahren und gemeinsam hatten sie die weite Reise unternommen. Leider ergebnislos, der Auftrag kam nicht zustande. Die Rückfahrt war fürchterlich. Als die Flocken immer größer wurden, war nur noch Schleichfahrt angesagt. Nur einige Raser ignorierten das Wetter, was sie dann aber spätestens nach der Walddurchfahrt zu spüren bekamen. Helbert konnte seinen Wagen zwar noch gefahrlos anhalten, aber seine Bekannte musste einen Schock erlitten haben. Jedenfalls kreischte sie fürchterlich, so dass er seine Tochter kaum verstand, als er ihr die Situation schildern wollte. An diesem Abend musste sie mit der Bahn nachhause fahren. Und nun war sie weg. Was wollte also dieser Mensch?

Jürgen kannte die schnoddrige Art seines Chefs, wenn dieser eigentlich keine Zeit hatte. Jürgen sagte, er müsse mit ihm reden. Mit den kurzen Worten 'heute nicht' war die Tür schon fast wieder zu. Aber das hatte Jürgen erwartet. Er stellte schnell seinen

Fuß in die Tür. Sie wurde sofort wieder aufgerissen und sein Chef lief rot an vor Wut. Jetzt musste er seinen eigentlichen Grund loswerden, bevor der Chef platzte. Er habe seine Tochter mit, sagte Jürgen schnell. Dem Chef entwich nur noch das 'Was erlauben Sie sich...', bevor er die Bedeutung der Worte seines Mitarbeiters begriff. Er starrte Jürgen an und dieser seinen Chef. Der roten Farbe folgte eine blasse, der Chef verlor fast den Halt. Er drehte sich um, um an einem Stuhl Halt zu finden. Jürgen ging langsam hinterher. Als der Chef Platz genommen hatte, wiederholte Jürgen seinen Satz, er habe seine Tochter mit. Wo sie sei, wollte sein Chef wissen. Jürgen lief zu Tür, winkte zum Auto und Gabi kam. Sie schloss die Tür hinter sich, blieb aber an der Tür stehen. Jetzt, wo ihr Vater sie sah, wich seine Anspannung. Er stand auf und breitet seine Arme aus. Sie folgte dieser Einladung und ließ sich herzlich umarmen.

Die Sonne hatte den Horizont erreicht und schickte sich an, für die lange Winternacht in ihr kaltes Bett zu verschwinden. Vom Wintergarten aus konnte man den Sonnenuntergang genießen, ohne frieren zu müssen. Der Kaffee von Gabi schmeckte sehr gut und Jürgen und Helbert saßen am kleinen Tisch gegenüber. Dazwischen Gabi. Längst war der Stollen verputzt und der letzte Kaffee ausgeschenkt. Man hatte bisher nur wenig gesprochen.

Gabis Vater hatte seine Tochter um Verzeihung ge-beten. Sie hatte genickt und er war davon ausge-gangen, dass die Sache damit aus der Welt war. Er wollte seinem Mitarbeiter noch irgendwie danken, dass dieser seine Tochter gefunden und zu ihm zu-rück gebracht hatte. Jürgen wollte seinem Chef die Sache schonend beibringen und folgte willig der Einladung zum Kaffee. Gabi war einerseits froh, ihren Vater wieder so fröhlich zu sehen. Sie fühlte sich in diesem Haus geborgen. Andererseits wäre sie auch gern wieder mit Jürgen weg gefahren. Sie konnte sich nicht entscheiden. Ihr Temperament war jetzt tief in ihr verborgen, nur ihre Augen, das wusste Jürgen, zeigten ihre Sehnsüchte. Aber ihr Vater sah das nicht. Für ihn war Gabi seine kleine Tochter, die er vor der Welt beschützen musste.

Die Sonne war untergegangen, es dämmerte. Die gemütliche Atmosphäre in ihrem Wintergarten, das wohlige Gefühl, seine Tochter wieder unter seinen Fittichen zu haben, veranlassten Helbert, Jürgen das Du anzubieten. Jürgen ging darauf ein, wenn auch aus einem anderen Grund. Mit dem Du würde der Abstand zwischen ihm und seinem Chef stark schmelzen. Wenn Helbert schon sein Chef bleiben sollte, so wollte er ihn jetzt auch als Schwiegerva-ter haben. Mit Gabis Einverständnis natürlich, aber das hatte er ja in den letzten Tagen bekommen. So glaubte er. Helbert holte eine Flasche Heidelbeerschnaps und die beiden Männer tranken auf die Heimkehr, auf das Glück dieser Erde, auf das menschliche Mitgefühl. Je mehr Jürgen von dem Schnaps trank, umso weiter rückte sein Vorhaben weg, seinem Schwieger-Chef in Spe reinen Wein einzuschenken. Gabi hatte sich zurückgezogen und saß in ihrem Zimmer auf dem Bett. Ihre Welt war aus den Fugen geraten und gerade noch mal zusammengekommen. Nebenan im Wintergarten saß ihr Vater, den sie über alles liebte, und ihr Jürgen, ihre heimliche und unheimliche Liebe. Wenn Jürgen hier einziehen würde, dann wäre doch alles gut. Alle geliebten Menschen wären zusammen. Sie wollte nicht wählen zwischen den beiden, sie wollte nicht nur ein Glück, sie wollte alles. Längst hatte sie sich hingelegt und war eingeschlafen.

Der Wald sah unheimlich aus. Die Schlittenspuren führten immer weiter den Berg hinab. Hier irgendwo musste Klaus sein. Gabi hatte nur ihr Sommerkleid an, aber ihr war nicht kalt. Die Spuren endeten an einem großen Schneeberg und Gabi begann Klaus auszugraben. Sie fand seine Beine und zog kräftig. Endlich war Klaus befreit. Sie nahm seinen Helm ab, aber es war nicht Klaus, Jürgens schönes Gesicht kam zu Vorschein. Er hatte seine Augen geschlossen und wollte sicher wach geküsst werden. Nach einem flüchtigen Kuss öffnete er seine Augen. Diese schönen Augen, die so tief blicken ließen. Sie war froh, dass er seine Schlittenfahrt gut überstanden hatte. Als sie Jürgen wieder küssen wollte, wurde sie unsanft herumgezogen. Ihr Vater sah sie streng an und zeigte auf das Bild ihrer Mutter. Sie erinnerte sich gut an ihre Mutter. Sie war oft zu schwach um aufzustehen. Lange war sie im Krankenhaus und danach schien es ihr wieder besser zu gehen. Aber sie konnte ihre Mutter nicht sehen. Am Waldrand winkte jemand, aber es war nur Klaus. Als sie Klaus erreichte, stand sie vor dem Grab ihrer Mutter. Gabi fiel auf die Knie und legte sich mit dem Oberkörper auf das Grab. Weinend wachte sie auf.

Die Pläne des Vaters - 27. Dezember

Aus der Küche war wieder das Poltern zu hören. Vater heizte den Ofen. Sie bemerkte, dass sie weder Hose noch Pulli ausgezogen hatte. Die Sonne war schon aufgegangen und draußen fiel wieder Schnee. Sie liebte diese Berge. Hier fühlte sie sich zuhaus. Sie stand auf, wusch sich im Bad und zog frische Sachen an. Im Schrank waren einige Fächer leer. Plötzlich war sie hellwach. Jürgen war hier. Sie sah aus dem Fenster, aber sein Auto war nicht da. Dabei konnte sie sich gut erinnern, gestern dort ausgestiegen zu sein. Er war gestern hier, das wusste sie genau. Er wird doch nicht betrunken... Da hörte sie den Opel. Jürgen kam wieder und hielt diesmal nicht auf der Straße, sondern stellte sein Auto auf den Hof. Mit einer Einkaufstüte betrat er das Haus. Sie war froh. Sollten ihre Wünsche in Erfüllung gehen? Sie, ihr Vater und Jürgen in diesem Haus! Sie schwebte die Treppe herunter. Jürgen war auch glücklich, sie wieder zu sehen. Aber er wusste, dass das Schwerste noch vor ihm lag. Noch wusste Helbert nichts von der Beziehung von ihm und seiner Tochter. Jürgen hatte überlegt, wie er es seinem Chef schonend beibringen könnte. Wie er Gabi zu sich holen konnte, ohne dass ihr Vater einen Aufstand machte. So entschloss sich Jürgen, erst einmal das Vertrauen seines Chefs zu gewinnen.

Nach dem Frühstück machten sich die drei auf in die Stadt. Der Briefkasten war geleert und der Schnee beiseite geschoben. Und so fuhren sie mit dem Wagen des Vaters in Richtung Zentrum. Gabi saß allein auf der Rückbank, Jürgen war der Beifahrer seines Chefs. Helbert kannte sich hier gut aus und fand auf Anhieb in einer Querstraße einen kostenlosen Parkplatz. Nur zehn Schritte weiter begann die City-Parkzone. Helbert hatte vorgeschlagen, das große neue Warenhaus zu besuchen. Alles auf einem Fleck, hatte er gemeint. Nun gut, mit seinen drei Stockwerken war es nicht so groß wie das in der Großstadt, fand Jürgen. Aber es passte sich gut an die alten Häuser dieser Kleinstadt an. Dort gibt es auch eine Cafeteria, erinnerte sich Jürgen an Klaus' Worte. Er hatte ihn heute früh angerufen und seine Hilfe erbeten. Schließlich kannte Klaus Gabis Vater schon länger als er.

Gabi war fast überschwänglich, als sie mit Jürgen in der Pulloverabteilung war. Jürgen war es nicht direkt peinlich, aber er wollte vermeiden, dass Helbert zu zeitig erfuhr, dass zwischen ihnen etwas war. So versuchte er immer wieder, sie mit leisen Zischlauten zu besänftigen. Aber das fand sie ebenfalls lustig und Jürgen war gezwungen, eilig die Abteilung zu wechseln. Gabi verstand und versuchte sich zu beruhigen. Nach etwas mehr als einer Stunde hatte man die Abteilungen durch und jeder hatte eine Kleinigkeit gekauft. Die größte Tüte hatte Gabi, sie hatte sich einen Rollkragenpullover ausgesucht und Jürgen hatte heimlich bezahlt. Nachträgliches Weihnachtsgeschenk, hatte er geflüstert. Sie hatten sich kurz angesehen und gelacht. Helbert hatte nur eine kleine Tüte und Jürgen einen kleinen Karton. Gabis Vater wollte schon das Haus verlassen, da schlug Jürgen vor, doch noch die Cafeteria zu besuchen. Helbert hatte nichts dagegen und Gabi keine Ahnung. Die Cafeteria war im obersten Stock, von hier war durch zusätzliche Glasflächen in den Seitenmauern fast ein Rundumblick über die Kleinstadt möglich. In der Mitte des Raumes war ein Lichtschacht, der die Sicht bis zum Erdgeschoss ermöglichte. Die Tische waren nur mäßig besetzt, so dass man sich einen Tisch mit guter Fernsicht aussuchen konnte. Jürgen sah kurz auf die Uhr. Klappt, dachte er. Er vertraute seinem alten Freund.

Gabi hatte sich mit der Möglichkeit angefreundet, Jürgen heimlich zu berühren. Als sie am Tisch saßen, war ihre rechte Hand am Teller und ihre linke unterm Tisch bei Jürgen. Dieser versuchte, sich nichts anmerken zu lassen, wenn er mit Helbert sprach. Er musste aufpassen, dass er nicht geschäftliche Themen ansprach, schließlich war Helbert sein Chef. Aber privat und allgemein konnte er mit Helbert über alles reden. Irgendwann wollte Helbert natürlich wissen, wo er Gabi gefunden hatte. Sollte Jürgen eine fiktive Geschichte erzählen? Er sprach nur vom Bahnhof und der Truckerstube, das war ja nicht einmal gelogen. Das Datum ließ er offen, sonst hätte Helbert Verdacht geschöpft. Jürgen fiel kein weiteres Detail ein, welches unverfänglich genug gewesen wäre, um jetzt noch erzählt werden zu können. Da läutete hinter ihm der Aufzug. Jürgen sah den Aufzug nicht direkt, aber Helberts Gesicht verriet ihm, dass Klaus eingetroffen war.

Helbert hatte die Geschichte mit dem Unfall von Klaus gehört und immer wieder seine Tochter und dann auch Jürgen angesehen. Es gehört viel Mut dazu für eine Frau, so aufzutreten. Helbert wusste das von seiner Frau, die sich meist im Hintergrund gehalten hatte. Seine Frau war auch mutig gewesen, aber auf eine andere Weise. Sie hatte den Kampf gegen eine Krankheit aufgenommen, den sie im Grunde nicht gewinnen konnte. Zeitweise schien es, dass sie triumphieren konnte, bis die Krankheit sie wieder eines Besseren belehrte. Ihren Kindern konnte seine Frau nicht viel geben. Sie war meist viel zu schwach um aufzustehen. Dennoch verströmte sie viel Liebe und erzählte ihrer Tochter Gabi und ihrem Sohn Holger viele Geschichten. So gab sie ihr Wissen und ihre Liebe weiter. Nach dem Tod des Sohnes hatte sich der Vater geschworen, seine Tochter zu behüten wie seinen Augapfel. Seine Tochter wird sich wahrscheinlich nicht mehr an ihren Bruder erinnern können. Sie war erst drei Jahre alt, als der Unfall geschah. Und der Vater war nicht ganz schuldlos, so redete er sich ein. Er war wieder einmal aufgebraust, hatte den kleinen Jungen geschlagen und dieser war aus dem Haus gelaufen. Das konnte er sich nie verzeihen. Als seine Frau auf dem Sterbebett lag, schwor er ihr, ihre Tochter für immer zu beschützen.

Das Gipsbein von Klaus passte beinahe nicht ins Auto. Klaus saß mit Gabi auf der Rückbank und Gabi hatte den Gips auf dem Schoß. Jürgen und Gabi stützten Klaus, als er Helberts Haus betrat. Der Transport die Treppe hinauf war aufwändig, aber gemeinsam schafften sie Klaus in den Wintergarten. Für ihn wurden drei Stühle zusammengestellt, damit er sein Bein ablegen konnte. Klaus wollte gern mit Helbert allein reden, aber Gabi wusste nichts von dem Plan und Jürgen konnte auch nicht für längere Zeit verschwinden. Als endlich Helbert auf der Toilette verschwand, wurde Gabi eingeweiht. Danach war es einfacher, sich eine Situation zurecht zu bauen. Gabi verschwand in der Küche, um das Mittagessen vorzubereiten. Nach etwa zehn Minuten rief sie ins Haus, jemand solle ihr doch um Himmels Willen tragen helfen.

Um ein Haar wäre Klaus aufgesprungen, aber er erkannte, dass er nicht laufen konnte und dass es sicher zum Plan gehörte. Jürgen spurtete die Treppe hinunter. Endlich hatte Klaus Gabis Vater allein neben sich sitzen.

Klaus war nicht sehr groß, dafür stattlich gebaut und seine strubbligen Haare zeugten von einem unsteten Charakter. Trotzdem hatte sich Gabis Vater in den Kopf gesetzt, nur Klaus seine Tochter anzuvertrauen. Klaus mochte Gabi seit der Schulzeit, gern brachte er ihr die Hausaufgaben oder spielte mit ihr am Bach. Verliebt hatte sich Klaus dann aber nicht in Gabi sondern in Rosi, der kleinen Blonden aus der Parallelklasse. Trotzdem spielte Klaus gern mit Gabi und besuchte sie oft. Er war stets gern gesehen. Erst in der vierten Klasse fiel ihm auf, dass bei Gabi noch kein anderer Junge auf dem Hof war, obwohl Gabi in der Schule sehr beliebt war. Was Rosi in der Parallelklasse war, war Gabi in seiner Klasse: der Schwarm aller Jungs. Aber auf ihrem Hof durfte nur Klaus spielen. In der siebenten Klasse, aus den Mädchen wurden langsam Frauen, merkte er noch deutlicher, dass bei Gabis Vater etwas nicht stimmte. Gabis Mutter hat er nur selten gesehen und so nicht fragen können. Er durfte lange bleiben, wurde dann aber immer schnell weggeschickt. Er lies sich immer seltener blicken, und als er seine neue Liebe fand, kam er gar nicht mehr. Nur zweimal im Jahr kam er vorbei, und wurde wie immer herzlich aufgenommen.

Klaus wusste nicht wie er anfangen sollte. Was er damals nur ahnte, hatte ihm Jürgen jetzt bestätigt: Gabis Vater wollte nur ihn für seine Tochter. Klaus konnte Gabis Vater nur von dieser fixen Idee abbringen und damit Jürgen helfen, wenn er von seiner Liebe zu Conny erzählte. Conny hatte er in der Berufsschule kennen gelernt. Sie war nicht unbedingt hübsch zu nennen, aber sie hatte etwas, das zog ihn an. Sie hielt sich meist im Hintergrund, war aber sehr gescheit und überraschte alle mit Schlussfolgerungen, an die die anderen gar nicht gedacht hatten. Klaus war oft beeindruckt von ihr, aber mehr nicht. Das änderte sich schlagartig bei einem Ausflug der Lehrklasse in den beliebten Vergnügungspark in der Nähe. Sie waren mit der Eisenbahn unterwegs und wie immer hatte sich die Klasse in die Jungen- und Mädchen-Riege gespalten. Beide Parteien hielten offiziell nichts voneinander. Bis auf ein paar Überläufer, die den Schritt zur Zweisamkeit gewagt hatten und nun die Unzertrennlichen spielten. Im Allgemeinen fanden die Jungs die Mädchen blöd und die Mädchen die Jungs doof. Auch Klaus war beim Jungs-Haufen dabei, wenn er auch nicht öffentlich die allgemeine Meinung vertrat. Der Lehrmeister war nicht zu beneiden, seine kleine Herde von sieben Jungs und fünf Mädchen zusammen zu halten. Auf dem Gelände des Vergnügungsparks dauerte es auch nicht lange und der Lehrmeister legte nur noch die Uhrzeit des Treffens fest und überließ alles andere dem Zufall.

Und genau dieser Zufall sollte sie zusammenführen. Während die Mädchen etwas ruhigere Vergnügungen aufsuchten, wollten die Jungs Action pur und waren teils sehr wagemutig oder besser übermütig. Und bei einer kleinen Achterbahn passierte es, Klaus verlor beim Übersteigen eines kleinen Zauns das Gleichgewicht, seine Hose blieb am Zaun hängen und plötzlich hing er kopfüber am Zaun. Zwar konnte er sich auf dem Boden abstützen, aber die Hose hing am Zaun und wollte nicht nachgeben. So der Lächerlichkeit preisgegeben, strampelte er und die Jungs bogen sich vor Lachen. Auch die Mädchen hatten das Schauspiel beobachtet und kicherten über den Tollpatsch. Conny war von Natur aus hilfsbereit, ohne an die Konsequenzen zu denken. Sie sprang herbei, löste seine Hose von Zaun, half Klaus auf und war schon wieder verschwunden. Die Jungs winkten ab, hatten sie doch nun auf einen Selbstbefreiungsakt gehofft. Und für die Mädchen wurde es langweilig. Klaus blieb allein zurück und rieb sich sein Bein und dann die Hände, die den Sturz abgefangen hatten. Als die Jungs und Mädchen längst mit anderen Sachen beschäftigt waren, kam Conny noch einmal, um nach ihrem Geretteten zu sehen. Sie half ihm, den Schuh wieder anzuziehen, den er bei dem Sturz verloren hatte, und stützte ihn beim Laufen, da sein Bein wehtat. So unterhielten sie sich ungezwungen und entdeckten die gegenseitige Zuneigung.

Helbert war aufgesprungen und konnte seine Gedanken nicht beruhigen, die bei den Worten von Klaus so aus dem Takt geraten waren. Sein Fast-Schwiegersohn hatte ein anderes Mädchen? Aber er hatte doch Gabi immer so gern. Und sie passten perfekt zueinander. Was würde Gabi sagen, wenn sie davon erführe? Sie würde in Tränen ausbrechen! Sie liebte ihn doch auch, dachte er. Helbert sah seinen Kandidaten an und konnte es nicht fassen. Von unten wurde das Mittagessen angekündigt, aber er hatte keinen Hunger mehr. Er holte sich eine Flasche Bier, gab aber dann auch Klaus eine Flasche und redete auf ihn ein. Er versuchte Klaus zu überreden, seine jetzige Flamme wieder zu löschen und seinen Schatz im Hintergrund Wert zu schätzen. Klaus war sich bewusst, hier im Haus die schwere Aufgabe übernommen zu haben, genau das nicht zuzulassen. Er wollte Gabis Vater, den er noch immer Siezte, davon abbringen, ihn für jene Figur zu halten, die allzeit bereit darauf wartete, seine Tochter, des Königs Tochter zu freien. Klaus wagte einen erneuten Vorstoß und fragte, ob sie sich Duzen könnten. Helbert, mit den Gedanken woanders, ging auf den Vorschlag ein. Die Flaschen wurden zunftgerecht mehrmals zusammengestoßen und dann zu Munde geführt. Helbert trank die Flasche auf ex, bevor er seinen seltsamen Vornamen Helbert nannte.

Es war zwar noch nicht dunkel, aber der Himmel hatte sich bedeckt und so wurden zum Mittagessen die Kerzen am Lichterkranz angezündet. Helbert war stolz auf seinen Lichterkranz, den er mal aus irgendeinem Dorf mitgebracht hatte. Mit einem Durchmesser von neunzig Zentimetern war der Kranz sehr groß und wurde deshalb an der Decke befestigt. Vier rote Bänder trugen die grünen, ineinander gewundenen Zweige. Die vier dicken Kerzen waren unterschiedlich hoch, ein Indiz dafür, dass der Tradition folgend an jedem Advent eine Kerze mehr angezündet worden war. Zwischen den Kerzen standen lustige Holzfiguren und einige hingen auch an Fäden unterhalb des Kranzes. Während das Essen genüsslich verzehrt wurde, sprach man über die Entstehung und Bedeutung der Adventszeit. Helbert hing seinen Gedanken nach und beteiligte sich nicht an der Diskussion. Er überlegte, wie er seiner geliebten Tochter beibringen könne, dass Klaus sie nicht mehr liebte. Ob sie es wusste? Ob es Klaus ihr auch schon erzählt hatte? Sie war aber so fröhlich bei Tisch, dass er vermutete, dass sie es noch nicht wusste. Sie saßen alle hier fast wie in Familie. Nun gut, Jürgen gehörte eigentlich nicht zu seiner Familie. Aber er hatte seine Familie wieder zusammen geführt. Und so war auch er willkommen. Eigentlich war Jürgen kein schlechter Kerl. Er machte seine Arbeit ordentlich, kam fast immer pünktlich ins Büro und wenn er es mal wirklich nicht schaffte, so rief er stets an und entschuldigte sich. Und er hängte die verlorene Zeit hinten an, ohne dass er, sein Chef, etwas sagen musste. Wenn Helbert auf Dienstreise war, wusste er in Jürgen einen guten Stellvertreter. Er konnte nicht auf ihn verzichten. Da er jetzt auf Sparmaßnahmen angewiesen war, hatte er lange überlegt. Zwei Personen brauchte er auf alle Fälle, Jürgen im Büro und Dr. Krümpfer in der Buchhaltung. Ohne die beiden konnte er gleich ganz schließen. Aber er musste sich bei den restlichen Mitarbeitern bis zum Mittwoch nach Neujahr entscheiden. Dafür wollte er Jürgens Rat. Und da ihm Jürgens Nachname zu lang war, er bestand aus fünf Silben mit nur vier Vokalen, hatte er in seinen Terminkalender nur 'Jürgen Entlassung' geschrieben.

Gemeinsam brachten sie Klaus zu Jürgens Auto und platzierten ihn wieder auf die Rückbank. Da Gabi nicht mitfuhr, hatte Klaus in dem Opel auch Platz für sein gestrecktes Bein. Als das Auto in der Dämmerung verschwunden war, fasste Gabis Vater den Entschluss, seiner Tochter reinen Wein über Klaus einzuschenken. Sie machten es sich im Wohnzimmer gemütlich. Er freute sich, seine geliebte Tochter wieder bei sich zu haben und schalt sich, wegen des Verdachtes, sie sei an seiner Schreibtischschublade gewesen, so ein Fass auf gemacht zu haben. Sicher, so hatte sie noch nie geklemmt, aber die Papiere konnten auch bei dem gewaltsamen herausziehen in Unordnung geraten sein. Zwar hatte er noch nicht den Grund für ihre überstürzte Flucht erfahren, aber dass sie wieder da war, war Zeichen genug, dass sie die untersten Dokumente nicht gelesen haben konnte. Bis Jürgen wieder eintraf, wollte er ihr Klaus' Geschichte beibringen.

Es dauerte fast eine halbe Stunde, bis Jürgen mit Klaus vor dessen Haus stand. Es war ein nichts sagendes Mietshaus, vier Etagen hoch und etwa fünf Meter von Bordstein entfernt. Davor war ein kurzes Stück Rasen. Der Schnee bedeckte nur einen Teil, was bedeutete, dass es hier immer sehr windig war. Die schwere Eingangstür öffnete sich knarrend und er stand in einer Art Durchfahrt. Nach zwei Richtungen gingen Treppen ins Dunkle. Klaus hatte gemeint, auf der rechten Seite sei ein Lichtschalter. Aber Jürgen fand keinen. Er kramte in der Tasche, um irgendetwas zu finden, womit man Licht machen konnte. Aber er wurde nicht fündig. Also tastete er die linke Wand ab und fand endlich einen Knopf. Das spärliche Licht der Durchfahrtslampe erhellte nur die Briefkästen, aber nicht die Treppen. Nun sah er auch den Lichtschalter auf der rechten Seite. Er hatte ihn viel zu weit hinten gesucht. Die rechte Treppe endete auf einem kleinen Absatz und an der Tür konnte er den Namen seines Freundes und noch einen Namen erkennen. Sein Freund wohnte hier nicht mehr allein. Durch das Schlüsselloch drang etwas Licht und hinter der Tür hörte er Schritte und die Laute eines kleinen Kindes. Das mussten Conny und Sarah sein. Klaus hatte auf der Fahrt von ihnen erzählt. Sarah sei ein schwieriges Kind, hatte er gesagt. Jürgen klingelte. Die Tür öffnete sich einen kleinen Spalt und gab ein wenig Einsicht in einen aufgeräumten Flur. Jürgen musste sich kurz vorstellen und Klaus erwähnen. Die Frau, von der er bisher nur wenig gesehen hatte, bat um ein wenig Geduld und schloss die Tür wieder. Er hörte die Kleine weinen, dann wieder diese Schritte und jetzt wurde die Tür ganz geöffnet.

Conny war eine attraktive Frau, nicht sehr auffällig, aber gepflegt. Sie hatte kastanienbraunes Haar und ein paar Sommersprossen. Sicherlich würde sie im Sommer von diesen Sprossen übersät, aber es war Winter, die lichtärmere Jahreszeit. Conny hatte sofort kräftig mit angefasst und gemeinsam hatten sie Klaus auf den Fernsehsessel geholfen. Jetzt, nachdem die Tür gesichert war, konnte Sarah ihr Ställchen wieder verlassen. Jürgen bemerkte, dass auch das Wohnzimmer besonders aufgeräumt war. Er beobachtete Sarah. Sie sah aus, als ob sie schon die Schule besuchen könnte, aber sie verhielt sich nicht so. Sarah bewegte sich sehr unbeholfen und plumpste oft auf ihren Po. Dann wackelte sie auf allen vieren weiter und versuchte an anderer Stelle wieder aufzustehen. Sie machte das sehr gut. Die Entwicklung entsprach aber eher dem Krippenalter. Sie hatte auch eine dicke Windel dran und konnte nicht richtig sprechen. Als sie das Gipsbein ihres Vaters entdeckte, watschelte sie sofort dorthin und fingerte daran herum. Klaus liebte seine Tochter und half ihr, den Gips zu begreifen. Er nahm ihre Hand und strich mir ihr über den Gips. Dann klopfte er daran. Sie lachte. Jetzt klopfte er mit ihrer Hand. Sie sah ihn an. Dann klopfte sie selbst. Sehr unbeholfen, aber sehr intensiv. Klaus musste ihr jetzt Einhalt gebieten, denn schließlich brauchte er den Gips noch. Conny hatte Tee gemacht und ausgeschenkt. Das Tablett mit der Kanne verschwand auf dem Schrank und sie bat Jürgen, seinen Becher nicht auf den Tisch zu stellen sondern immer in der Hand zu behalten.

Als Gabis Vater fertig war, wusste Gabi nicht was sie sagen sollte. Einerseits wusste sie von Conny, sie kannte auch die kleine Sarah. Andererseits fragte sie sich, was in dem Kopf ihres Vaters vorging. Da sie nicht gleich antwortete, vermutete ihr Vater, dass er sie überfordert hatte. Er hatte versucht, ihr es so schonend wie möglich beizubringen. Jetzt muss irgendein Ersatz her, dachte er. Jürgen war ein anständiger Kerl, vielleicht gefällt er auch Gabi. Vorsichtig fragte er sie, was sie von seinem Mitarbeiter Jürgen hielt. Sie war vorsichtig genug, nicht ins schwärmen zu geraten. Sie nickte und meinte, dass dieser Typ eigentlich sehr sympathisch wäre. Ihr Vater triumphierte innerlich und eigentlich ging es Gabi ebenso. Der Plan war ja von Jürgen, aber er schien voll aufzugehen. Ihr Vater meinte, dass er Jürgen auch heute Abend noch nicht nachhause schicken könne. Erstens hätte er mit ihm dringend etwas Dienstliches zu besprechen und dann sei es schon spät und bis zur Großstadt ein weiter Weg. Zuerst freute sich Gabi, aber bei dem Wort dienstlich fiel ihr ein, was sie nachts in seinem Terminkalender gelesen hatte. Hoffentlich geht das gut, dachte sie. Ihr Vater deutete ihre ernste Miene anders und meinte, dass Jürgen sich zu benehmen wisse und wieder im Gästezimmer übernachten werde.

Jürgen hatte von Klaus einen kleinen Zettel mit der Wegbeschreibung bekommen und an das Armaturenbrett geheftet. Er hielt sich exakt an die Anweisungen und kam auch bald in die Vorstadt. Heute hatte er die Familie von Klaus kennen gelernt. Klaus war sein Freund seit der neunten Klasse. Sie hatten sich damals am See getroffen und bald ihre gemeinsame Liebe zum Angeln entdeckt. Klaus war etwas kleiner als er und so sprach er am liebsten mit ihm, wenn sie irgendwo zusammen saßen. Er wollte seinem Gesprächspartner in die Augen sehen und nicht auf den Kopf. In den Ferien nach Abschluss der Realschule hatten sie sogar für zwei Wochen den Bungalow seines Onkels benutzen dürfen und so gemeinsam geangelt und Anglerlatein gesponnen. Sie hatten damals beide noch keine Freundin und fantasierten sich ihre Traumfrauen zusammen. Sie lagen so ziemlich auf gleicher Wellenlänge und ergänzten jeweils die fehlenden Eigenschaften der Traumfrau des anderen. Wie das Leben nun einmal ist, es kommt selten so wie man es sich erträumt. Er traf Klaus erst im Sommer vor drei Jahren wieder. Sie saßen im Biergarten am See, aber sie spannen nicht mehr, sie erzählten sich, wie ihr Leben weiter gegangen war. Klaus schwärmte von seiner Conny und von seinem kleinen Töchterchen. Die Kleine war allerliebst und entwickelte sich prächtig. Zwar hätten die Ärzte eine Funktionsstörung festgestellt, aber genaues stand noch nicht fest und die Ärzte übertreiben oft. Auch Jürgen hatte geheiratet, aber zu einem Baby hatte es noch nicht gereicht. Heute war er fast froh, noch kein Baby bekommen zu haben. Er hatte Sarah gesehen. Und er bewunderte Klaus, wie dieser mit der Situation umgehen konnte.

Die Straße, die zu dem Haus von Gabis Vater führte, war schlecht beleuchtet. Da die wenigen Häuser auf der linken Seite sich ziemlich ähnlich sahen, wäre er fast an der Einfahrt vorbei gefahren. Im letzten Augenblick erkannte er den Wintergarten an der rechten Hausseite. Er stellte sein Auto auf den Hof und stand eine Weile vor dem Haus. Sein Atem wurde sogleich zu einer Nebelwolke, es war kalt geworden. Jürgen stand nur da und überlegte. War er willkommen? Bis zur Abfahrt mit Klaus war er davon überzeugt. Er hatte seinen Chef mit den Tatsachen konfrontieren wollen und es schien geklappt zu haben. Was aber, wenn sich Gabis Vater wieder anders entschieden hatte? Was hatte oder was hätte Gabi geantwortet? Erst als er anfing zu frieren, klingelte er. Gabi öffnete und an ihren Augen erkannte er, dass das Gespräch wohl positiv verlaufen war. Er setzte sich zu Helbert an den Wohnzimmertisch. Auf Helberts Gesicht war kurz ein Lächeln zu sehen, wie früher, als sein Chef noch Zeit für ein paar spaßige Bemerkungen hatte. Schnell berichtete Jürgen, wie er Klaus heim gebracht hatte. Helbert zog Jürgen etwas näher zu sich heran. Gabi saß am anderen Ende des Zimmers auf dem Sofa und las in einer Illustrierten. Herr... -

Jürgen, ich muss mit dir reden, sagte er. Es klang verdammt dienstlich und das bereitete Jürgen Unbehagen. Helbert stand auf und deutete nach oben. Jürgen folgte seinem Chef, wie er es gewohnt war. Wir haben etwas Dienstliches, sagte er zu Gabi. Gabi nickte, ohne aufzusehen. Auch sie fühlte Unbehagen, aber sie konnte ja nichts ändern. Auch wenn ihr Vater Jürgen entlassen sollte, sie wollte zu ihm halten. Aber sie wollte sich nie zwischen den beiden entscheiden müssen.

Klaus hatte nach dem Abendbrot Conny geholfen, die Kleine ins Bett zu schaffen. Er hatte die Arbeiten übernommen, die am Wickeltisch zu absolvieren waren und Conny hatte alles herbeigeschafft und wieder weg geräumt. Es war nicht leicht, die große Sarah zu wickeln. Eigentlich hatte der Wickeltisch nicht mehr gereicht, aber Klaus war geschickt und hatte ihn einfach nach hinten verlängert. Sarah kannte das Spiel und verhielt sich ruhig. Gewickelt und gewaschen kam sie in ihr Gitterbett. Auch hier hatte Klaus nachgeholfen, da für eine fünfjährige die Stäbe schon etwas kurz waren. Er hatte das Bett einfach auf den Kopf gestellt und den Boden nach unten verlegt. Das Querbrett oben verhinderte, dass sich Sarah aus dem Bett ziehen konnte. Wenn ihre Mama dann Geschichten vorlas, war sie ganz still und hörte zu. Sie hörte auf die Stimme ihrer Mutter, ohne den Sinn zu verstehen.

Klaus wusste, dass auch Sarah mal die Schule besuchen wird. Aber im Vergleich zu Anderen wird es sehr spät sein, sie ist dann vielleicht schon elf oder zwölf Jahre alt. Aber er liebte seine Tochter und wollte sie um nichts in der Welt wieder hergeben.

Der Wintergarten war ohne Beleuchtung richtig gespenstig. Die Straßenlaternen erreichten ihn nicht und der Himmel war wolkenverhangen. In weiter Ferne konnte Jürgen einige hell erleuchtete Fenster sehen. Aber ihr Licht verblieb in der Schneelandschaft draußen. Helbert konnte er nur erahnen. Gabis Vater kramte irgendwo in der Ecke und mit einem Mal waren die fremden Häuser verschwunden. Dafür war die Sitzecke jetzt in ein angenehmes gelbes Licht getaucht. Helbert bat seinen Mitarbeiter, neben sich Platz zu nehmen. Jürgen setzte sich, achtete aber darauf, dass er seinen Chef nicht berührte. Manche Menschen haben das gar nicht gern und deuten jede Berührung als unsittliche Annäherung. Und bei Gabis Vater war er besonders vorsichtig. Nicht nur, weil er sein Chef war, er wusste sowieso nicht wie lange noch. Nein auch weil er aus Gabis Erzählungen wusste, dass dieser Mensch anders war als andere. So wartete er geduldig, bis sein Gastgeber die richtige Sitzstellung gefunden hatte und betrachtet in der Zwischenzeit die gegenüber liegende Wand. Gestern war ihm gar nicht aufgefallen, dass die Bilder an der Wand alle eine ähnliche Handschrift auswiesen. Es waren flüchtige Pinselstriche der hiesigen Landschaft, gekonnt auf dem Papier platziert. Nur wenige Striche stellten einen Baum dar, eine Straße oder gar ein Haus. Und doch deuteten die Bilder die typischen Kleinstadt-Perspektiven mit ihren unterschiedlichsten Dächern und verwinkelten Gassen an. Es musste ein hiesiger Künstler sein, denn in der Großstadt-Ausstellung hatte er den Zeichenstil noch nicht gesehen.

Gabi wollte eigentlich etwas lesen. In einigen wenigen Minuten der abendlichen Entspannung entwich sie immer in die Glitzerwelt der Illustrierten. Nicht dass sie daran besonderen Gefallen gefunden hätte. Sie zweifelte sogar oft daran, dass die Geschichten echt waren und nicht mit Prominentem und Journalist gemeinsam entstanden, um etwas berichten zu können. Doch amüsierte sie sich bei den kleinen Anekdoten über die großen Leute. Aber heute konnte sie sich nicht so richtig auf die Zeitschrift konzentrieren. Viel zu viel wurde in ihrem Haus entschieden und nicht draußen in der Welt. Sie legte die Zeitschrift auf den Couchtisch, ließ sich zur Seite fallen und lauschte. Die beiden Männer waren im Dunkel verschwunden. Ein bisschen kam sie sich so vor, als würde in ihrer Abwesenheit über ihr Schicksal verhandelt. Sie wusste, dass das nicht stimmte, aber egal was die Männer heute entschieden, die Auswirkungen würde auch sie zu spüren bekommen. Sie schloss die Augen, um besser hören zu können, aber sie hörte nur die ihr vertrauten Knarrgeräusche der Eckbank des Wintergartens.

Gabis Vater hatte sich eine neue Flasche Bier geholt und wieder gesetzt. Jürgen hatte die Frage nach einer zweiten Flasche verneint. Für ihn war es wie in einer schweren Prüfung: er wusste nicht, was auf ihn zukommen würde, aber er würde vielleicht keine Aufgabe lösen können. Helbert war zwar schon lange Chef, hatte viele Entscheidungen im Alleingang getroffen, aber bei einer Personalentscheidung hatte er sich immer schwer getan. Meist teilte er dann seine Mitarbeiter in zwei Gruppen, die die ihn persönlich kannten und jene, die ihn nur auf Betriebsversammlungen zu sehen bekamen. Bei Letzteren war die ganze Sache etwas einfacher, weil nicht so persönlich. Aber von diesen Mitarbeitern waren nicht mehr viele da. Seine Firma war in den letzten Jahren gesund geschrumpft, wie man sagt. Er hatte keine Entlassungen aussprechen müssen, entweder hatten die Mitarbeiter aus alters- oder anderen Gründen die Firma selbst verlassen, oder es war ihm gelungen, eine größere Firma zur Übernahme seiner Leute zu veranlassen. Aber die Lage wurde in letzter Zeit immer schlechter. Auch andere Firmen hatten Probleme und übernahmen keine Mitarbeiter mehr. Einige konnte er in Leihfirmen unterbringen, aber die Auftragslage zwang ihn, auch die letzten moralischen Bedenken über Bord zu werfen und seinen Stamm anzusägen. Er wusste - wenn man einen Stamm ansägt, wird der Baum wahrscheinlich eingehen, aber er konnte nicht anders.

Sarah schlief schon und Klaus hatte sich davon überzeugt, dass ihr Bett sicher war, bevor er das Kinderzimmer verließ. Vor knapp einem Jahr hatte Sarah es geschafft, das Bett zu Fall zu bringen und sich dabei verletzt. Seitdem war es an der Wand verankert, aber Klaus zog zur Kontrolle noch mal daran. Conny hatte den Fernseher an und sah ihre Lieblingssendung. Als sie merkte, dass Klaus telefonieren wollte, stellte sie den Ton aus. Klaus lächelte sie an. Sie war sehr rücksichtsvoll und erwartete das auch von ihm. Er rief bei den Motorrad-Freunden an, die seinen Auftrag übernommen hatten. Er wollte wissen, ob sie zurück waren und ob alles geklappt hatte. Der erste schien noch nicht da zu sein. Bei dem zweiten hatte er mehr Glück und hörte beide. Er war erleichtert. Alles okay, sagten sie, die alte Dame hat ihr Medikament erhalten. Und der Doc lässt auch schon grüßen und danken. Klaus bedanke sich bei den beiden und legte auf. Er kannte die alte Dame.

Es dauerte eine Weile, bis Helbert zum Punkt kam. Jürgen hatte noch Mühe, seinen Chef mit dem Vornamen anzusprechen, aber er musste ihn manchmal unterbrechen, wenn seine Begründungen zu lang wurden. Mittlerweile hatte er mitbekommen, dass er Helbert bei Personal-Entscheidungen helfen solle. Jürgen war ein sehr feinsinniger Mensch. Er konnte stundenlang über einer Aufgabe hocken, bis sie gelöst war. Und er hatte sich im Büro ein eigenes Ablagesystem ausgedacht, so dass sein Chef nie lange auf einen Vorgang warten musste. Er hatte auch bei der Vorbereitung von Entscheidungen geholfen, hatte Gegenüberstellungen ausgearbeitet, die dem Chef Vor- und Nachteile beider Seiten zeigten. Aber er hatte kaum selbst entscheiden müssen. Außer auf seinem Sachgebiet, das war auch etwas anderes. Hatte er vorhin noch gedacht, es ginge um ihn, so sollte er jetzt über andere Familien mitentscheiden. Er konnte nicht mehr sitzen, die Aufregung trieb ihn nach oben. Sein Chef sah ihn an und Jürgen spürte das erste Mal so etwas wie Mitleid mit dem Mann. Er war mit Gabi hier her gefahren, um seinen Chef zur Rede zu stellen. Er wollte, dass sein Chef akzeptierte dass Gabi zu ihm gehörte. Er war froh, dass eine größere Konfrontation bisher vermieden werden konnte. Aber das ging nun zu weit. Jürgen schüttelte den Kopf, ließ seinen Chef im Wintergarten zurück und polterte die Treppe herunter. Ohne nach Gabi zu sehen verließ er das Haus. Die Kälte ließ ihn kalt, er stapfte einfach drauf los.

Gabi konnte kein Wort verstehen, aber es schien ein normales Gespräch zu sein. Jede Lautstärken-Änderung spürte sie überdeutlich und wartete auf den Ausbruch des Vulkans. Aber es wurde wieder leiser im Wintergarten und ihre Gedanken schweiften ab. Sie dachte an ihre Mutter, die gern dort drüben im Sessel saß. Ihre Mutter strickte gern. Als kleines Kind durfte sie oft die Wolle halten, die sonst in einem kleinen Körbchen herum rollte. Mutter konnte herrliche Sachen stricken, sogar mehrfarbige Zopfmuster brachte sie fertig. Fast bis zu ihrem 13. Lebensjahr hatte sie im Winter selbst gestrickte Pullover an und wurde dafür von ihren Klassenkameradinnen beneidet. Dann konnte Mutter nicht mehr stricken. Sie konnte die Nadeln nicht mehr so lange halten. Sie fing an zu malen, einfache Zeichnungen, aber voller Gefühl und Ausdruck. Zum Malen saß sie oft im Wintergarten und schaute über den Ort. Wenn Klaus gegangen war, schaute Gabi gern ihrer Mutter zu. Gabi erschrak. Jürgen polterte die Treppe herunter und rannte zur Tür. Er sah sich nicht einmal zu ihr um, als er in seine Stiefel schlüpfte. Gabi wusste, was geschehen war. Ihr Vater hatte ihm gesagt, dass er entlassen wird. Aber sie war enttäuscht von Jürgen. Sie hatte ihn doch extra vorbereitet, damit er nicht so erschrecken würde. Nun lief er fort wie ein kleines Kind. Sie bemerkte, dass er nicht einmal seine Jacke mitgenommen hatte. Jetzt tat ihr Jürgen wieder leid. Sicher musste er sich abkühlen, aber erfrieren sollte er nicht. Hoffentlich fährt er nicht fort, dachte sie, und lauschte angestrengt. Aber den alten Opel hörte sie nicht.

Als die alte Dame eingeschlafen war, konnte auch die Pflegerin gehen. Nicht ohne zuvor das Nottelefon noch einmal flüchtig zu überprüfen. Es war eingeschaltet und die große rote Taste zeige den Empfang des Funkfingers. Und dieser hing griffbereit an ihrem Nachttisch, so dass sie ihn aus dem Bett heraus aber auch vom Boden aus greifen konnte. Seit dem die Pflegerin hier die Schicht übernommen hatte, hatte sie einige Änderungen bei der alten Dame durchgesetzt. Die erste Neuerung war ein Nottelefon. Das erste hatte noch keinen Funkfinger. Das Bett der alten Dame stand mit einer Seite an der Wand und auf dem Nachttisch stand das Nottelefon. Aber gerade das wäre der alten Dame fast zu Verhängnis geworden, als sie aus dem Bett fiel. Die alte Dame konnte das Telefon nicht erreichen. Hilfe, die innerhalb von zehn Minuten hier gewesen wäre, kam erst nach Stunden zur Routinekontrolle. Sofort wurde ein Telefon mit Funkfinger besorgt. So war sie in der Lage, immer schnell Hilfe zu holen, wenn sie den Funkfinger erreichen konnte. Als es der alten Dame noch schlechter ging, reichte auch das nicht mehr. Jetzt trägt die alte Dame zusätzlich einen kleinen Sender am Handgelenk, der ständig die Vitalfunktionen misst. Jede abnorme Änderung löst den Notruf aus. Die Pflegerin verlässt zufrieden die Wohnung der alten Dame.

Gabi hatte ihre Jacke und Winterstiefel angezogen und sich den Mantel von Jürgen geschnappt. Dann hatte sie aber den Mantel noch mal abgelegt und war zu ihrem Vater in den Wintergarten gegangen. Ihr Vater saß da wie ein Häufchen Unglück. Er musste sich vorkommen wie ein Richter, der gerade einen Freund zum Tode verurteilt hat, dachte Gabi. Sie brauchte nichts zu sagen. Er blickte auf, sah ihre Jacke und nickte. Zwei Minuten später war sie auf der Straße. Der frische Schnee half ihr, ihren Freund zu suchen. Denn er war längst nicht mehr zu sehen. Da die Laternen am Stadtrand eher spärlich aufgestellt waren, konnte sie von der Straße nicht viel sehen. In der Nähe jeder Laterne kontrollierte sie anhand der Schuhspuren, ob ihre Richtung stimmte. Die Straße kannte sie genau. Zwei Häuser weiter musste sie an Müllers Hund vorbei. Er kläffte kurz, ließ dann aber wieder ab. Als sie klein war, hatte sie Angst vor diesem Hund und war froh, dass er an einer Kette hing. Als sie größer wurde, erkannte sie, dass der Hund genauso viel Angst hatte wie sie. Und als sie noch größer war, wusste sie, dass man keine Angst zeigen darf. Seitdem kläffte der Hund nur kurz, wenn er gestört wurde, und hörte auf, wenn er wieder seine Ruhe hatte.

Jürgen stand am Ende der Straße und ärgerte sich. Ab hier ging nur ein Feldweg weiter, der bei diesem Schnee zu riskant war. Aber er wollte auch nicht weiter gehen. Er hatte sich dumm benommen. Er war aus dem Haus gestürmt, ohne nach Gabi zu sehen. Was wird sie nun von ihm denken. Vielleicht hat sie sein Bild heraus gekramt und längst zerrissen. Er hatte ihr gezeigt, dass auch er nicht immer seine Gefühle unter Kontrolle hat. Schöner Freund wird sie gesagt haben. Jörg fror. Seinen Autoschlüssel hatte er in der Hosentasche. Er musste wenigstens zum Auto zurück und sich aufwärmen. Was hatte da sein Chef von ihm verlangt? Er sollte ihm helfen, Scharfrichter zu sein? Eine solche Frechheit ist ihm noch nicht passiert. Aber irgendwie hatte er ihm das nach Gabis Schilderungen zugetraut. Jürgen merke nicht, dass sich aus der Dunkelheit Schritte näherten. Gabi hatte einen guten Riecher für Ausreißer, schließlich ist sie selbst einige Male ausgerissen. Sie war allerdings weiter gegangen, sie kannte auch das lange Feld danach und die Lehmgrube, die sich anschloss. Wenn man dort links abbog, kam man in den Hochwald. Gabi sagte kein Wort, hing ihm den Mantel um und zog ihn wieder in Richtung Zivilisation.

Er lief einfach mit, denn er kam sich niederträchtig vor. Fast hatte er Gabi zugetraut, dass sie sich von ihm getrennt hätte. Bei dem Gedanken schüttelte er unweigerlich den Kopf. Nein, auf Gabi ließ er nichts kommen. Aber ihr Vater? Gabi hatte erst seine Hand genommen und dann den ganzen Arm. Ihm wurde immer mulmiger. Sie blieb plötzlich stehen und zog ihn mit einem Ruck zu sich. Jetzt musste er in ihre Augen sehen. Es war ihm peinlich. Aber diese Augen strahlten wie nach einer gewonnen Schlacht. Und er wusste nicht, welche Schlacht hier gewonnen gewesen wäre. Sie nahm seinen Kopf wie heute in der Motorrad-Werkstatt und küsste ihn. Und er küsste zurück, denn wieder hatte Gabi bewiesen, dass sie ihn nicht gehen lassen würde. Auch wenn ihr Vater ihn auf die Straße gesetzt hatte, sie wollte wieder mit ihm in die Großstadt. In ihre gemeinsame Wohnung, wo sie zwei Tage glücklich war. Aber das sagte sie nicht.

Sie gingen langsam weiter. Gabi gab den Weg vor, denn sie kannte ja ihre Straße. Die Häuser standen nun auch auf der linken Seite und das Haus des Vaters war nicht mehr weit. Dann suchst du dir eben etwas anderes, sagte Gabi spontan. Jürgen erschrak. Sie wusste gar nicht, worum es bei ihrem Vater gegangen war, dachte er und blieb plötzlich stehen. Er wollte erst Gabi alles sagen, bevor er dieses Haus wieder betrat. Gabi hörte zu und überlegte. Sie wusste von klein auf, dass ihr Vater Firmenchef war. Man wächst als Kind eines Chefs auf, hatte sie mal gehört. Und es hatte sich später bewahrheitet. In den Unterstufen war es noch egal, aber als sie die Mittelschule besuchte, merkten die anderen Schüler bald, dass sie etwas Besseres war. Sie wollte es nicht, aber sie wurde täglich mit dem Auto des Vaters zur Schule gebracht. Und das machte Eindruck. Gabi lernte die guten Seiten daran kennen und genoss es später sogar. Gabi wusste, dass eine Firma ohne Chef nicht funktioniert. Und dass es unterschiedliche Arten von Chefs gab. Mein Vater tut alles für seine Firma, begann sie ihn zu verteidigen. Dann folgten einige Sätze wie Auftragslage, Arbeitslosigkeit, Personalkosten, schwierige Situation. Sie hatte ja im Prinzip Recht. Sie überzeugte Jürgen, dass es besser sei, seine Mitarbeiter in Personalentscheidungen mit einzubeziehen als über ihre Köpfe hinweg zu entscheiden. Der Gedanke war ihm fremd, aber einigermaßen einleuchtend.

Als sie am Haus ihres Vaters ankamen, wurde Gabi wieder übermütig. Mit zwei drei Schneebällen forderte sie Jürgen auf, sich zu verteidigen. Er schoss zurück, so gut er es konnte, aber er musste sich bald der Übermacht der gegnerischen Schneebälle ergeben. Als sie gewonnen hatte, wollte sie noch schnell einen kleinen Schneemann bauen. Er wurde nicht sehr schön, aber es war ihr erster gemeinsamer Schneemann. Als Hut musste ein Scheit Holz herhalten, ein paar Zweige und Blätter fanden sie hinterm Busch an der Hausecke. Als sie das Haus betraten fror Jürgen nicht mehr. Und er war etwas klarer im Kopf. Er war froh, dass diese Gabi ihn am 24. Dezember angerufen hatte. So eine Frau findet man nicht alle Tage. Auch Gabi war froh. Froh darüber, dass sie Jürgen umstimmen konnte und froh darüber, dass sie damals von Klaus sein Bild erhielt.

Gabis Vater hatte sich in sein Schlafzimmer zurückgezogen. Hatte er heute von seinem Mitarbeiter zuviel verlangt? Sicher, bisher konnte er diese Personalentscheidungen allein treffen. Aber es tat auch oft weh, wenn langjährige Kollegen den Betrieb verlassen mussten. In den seltensten Fällen war es möglich, mit diesen Kollegen persönlich zu sprechen, aber immer sah man in ihm den Übeltäter. Dabei hatte er persönliche Probleme genug. Seine Frau war sehr krank und die meisten Ärzte hatten den Kampf schon aufgegeben. Lebensverlängernde Maßnahmen hieß die Alternative. Aber davon wollte seine Frau nichts wissen. Sie kämpfte, suchte sich Ärzte, die eine Chance sahen. Zehn Jahre zuvor war die Krankheit festgestellt worden. Da ging es seiner Frau noch gut. Allen Ratschlägen zum Trotz verreisten sie viel, waren an der Nordsee und im Schwarzwald. Ihre Kinder waren ihr ganzer Stolz. Holger kam bald in die Schule und war stolz, seine kleine Schwester Gabi im Sportwagen durch die holprigen Straßen schieben zu dürfen. Der tragische Unfall ihres Sohnes brachte diese lebenslustige Frau zu Fall. Sie lag mehr als ein Jahr im Krankenhaus. Damals wohnte die Familie noch bei Helberts Eltern. Das Haus war aber zu weit vom Krankenhaus entfernt, deshalb zog Helbert mit Gabi in dieses Haus. Von hier war er mit Gabi in einer Viertelstunde im Krankenhaus. Gabi entwickelte sich gut und das brachte auch ihre Mutter wieder dazu, neue Lebenskräfte zu sammeln. Als sie nach Haus kam, war das Haus fertig eingerichtet. Sie konnten zwar keine Reisen mehr unternehmen, aber sie hatten ein gemütliches Zuhause. Helberts Eltern kamen, so oft sie konnten, bis sein Vater einen Schlaganfall hatte. Helbert überlegte, wann sein Vater das letzte Mal hier war, aber es wollte ihm nicht einfallen.

Das Telefon läutete. Der Diensthabende sah sofort die Rufnummer auf seinem Bildschirm, daneben die Uhrzeit und eine Zeile tiefer den dazugehörigen Namen. Vorsorglich drückte er den Bereitschaftsknopf. Dann nahm er den Hörer ab und meldete sich. Er wartete auf eine menschliche Stimme, aber wie so oft meldete sich nur der automatische Text des Nottelefons. Dann hörte er einige schrille

Töne und wusste, dass Daten übertragen wurden. Als der Text zu Ende war, legte er auf und verglich die Daten am PC. Lebensfunktionen ok, Puls erhöht, Temperatur erhöht, alle anderen Werte waren relativ normal. Einen Sturz hatte es nicht gegeben, das hätte der Handsender registriert. Ausgelöst hatte er aber, es konnte also sein, dass die Patientin noch schlief. Der Bereitschaftsarzt trat ein, überflog den Text am Bildschirm und entnahm dem Drucker den ausgedruckten Text. Er und ein Sanitäter fuhren wie immer zu zweit, Wohnungs- und Hausschlüssel hatten sie für solche Notfälle im versiegelten Umschlag mit. Zehn Minuten später waren sie da, hasteten die Treppe hinauf und öffneten mit dem Notschlüssel die Wohnung. Die alte Dame wälzte sich im Schlaf auf ihrem Bett und wäre bald wirklich heruntergefallen. Es dauerte weitere drei Minuten und zwei Spritzen und die alte Dame konnte ihren Schlaf fortsetzen. Der Notarzt musste allerdings auf die Pflegerin warten, um ihr die Schlüssel zu übergeben. Klaus erhielt am nächsten Tag eine Mitteilung durch das Krankenhaus: seiner Mutter gehe es gut, da der Herzinfarkt sehr schnell behandelt werden konnte.

Im Kinderheim - 28. Dezember

Jürgen wollte heute mal richtig ausschlafen. Er hätte sich zwar noch Gabi in das breite Gästebett gewünscht, aber er war hier Gast und wollte die Sache langsam angehen. Gabi hatte ihm am Abend erzählt, was ihr Vater vorgeschlagen hatte. Und beide hatten leise gekichert. Sie waren extra in die Küche gegangen, um sich noch einmal zu umarmen und abzuküssen. Jürgen wollte gar nicht mehr aufhören, aber Gabi zeigte mit dem Finger nach oben, was seine Wirkung nicht verfehlte. Leise ging er in das Gästezimmer und sie verschwand nach einem Handkuss in dem ihren. Jürgen wartete auf das allmorgendliche poltern, aber es tat sich nichts. Er sah auf die Uhr, es war fast acht Uhr. Er stand auf und wusch sich, um für den Tag bereit zu sein. Er zögerte, als er sein Hemd anziehen wollte. Schließlich hatte er es schon zwei Tage an, aber er hatte keinen Ersatz. Er wollte Gabi fragen und lugte vorsichtig aus der Tür. Gabi saß auf dem Sofa und erkannte ihren Einsatz sofort. Sie nahm einen kleinen Stapel Wäsche neben sich auf und folgte Jürgen ins Gästezimmer. Sie zeigte ihm das Häufchen und es landete sanft auf seinem Bett. Sie sah seinen fragenden Blick und erklärte schnell, dass die T-Shirts und die Pullover von ihr wären. Das fand er zuerst recht lustig, seine Fantasie wäre bald mit ihm durchgegangen. Aber irgendwie musste er an ihren Vater denken und sein schelmisches Lachen verstummte. Dieser wusste ja noch nicht, dass... und er sollte es auch noch nicht erfahren. Was aber würde er sagen, wenn Jürgen als Gabi anspaziert käme. Gabi sah ihre Wäsche durch und zog einen blauen Pullover heraus. Diesen hier, meinte sie und hielt ihn hoch, könnte ihr Vater nicht kennen. Den habe sie sich während ihres Studiums zugelegt, fügte sie hinzu.

Helbert war zwar früh auf, aber er setzte sich nur an den Schreibtisch in seinem Zimmer. Er ging in Gedanken den gestrigen Tag noch einmal durch. Zuerst hatte ihm Klaus gebeichtet, dass er eine andere liebt, dann hatte er seiner Tochter den Jürgen vorgeschlagen. Und dann hatte sich herausgestellt, dass man mit diesem Jürgen kein ernstes Wort reden kann, ohne dass er davon läuft. Dabei hatte er auf seinen Mitarbeiter viel gegeben, nachdem er ihm seine Tochter wieder gebracht hatte. Wenn dieser Jürgen noch da war, was er ihm auch geraten hätte, dann wollte er ihm noch mal auf den Zahn fühlen. Helbert öffnete ohne Probleme die mittlere Schublade seines Schreibtischs. Er wusste, wo er beim Öffnen mit dem Knie dagegen drücken musste, damit sie nicht klemmte. Bevor er sie ganz herauszog, horchte er ins Haus. Leise Geräusche in der Küche waren für ihn ein Entwarnungszeichen. Trotzdem ließ er sicherheitshalber drei Zentimeter der Schublade im Schreibtisch, damit sie sehr schnell wieder verschwinden konnte. Den etwas größeren Papierhaufen auf der linken Seite hob er etwas an und zog einen braunen Briefumschlag hervor. Er horchte wieder, niemand kam. Auf dem Umschlag stand als Adresse sein Name. Der Absender war etwas undeutlich geschrieben. Aber beim genauen Betrachten konnte man am Anfang deutlich die Buchstaben 'Dr' lesen. Er wusste was drin war, trotzdem öffnete er vorsichtig den Umschlag. Zwei weiße Blätter und eine Art Zeichnung landeten auf dem Tisch. Sein Herz begann zu pochen. Er zog noch schnell einen leeren Block heraus, um ihn notfalls schnell über die Blätter legen zu können. Er nahm das erste Blatt in die Hand und las langsam den Text. 'Sehr geehrter Herr...' Weiter unten ging es weiter. Wir möchten Ihnen mit diesem Schreiben den Befund aushändigen, den Sie schon mündlich von uns erhalten haben, las er da. Die mehrfachen Laboruntersuchungen lassen keinen Zweifel zu, dass Ihre Frau an der seltenen Stoffwechselkrankheit... Er erschrak. In der Küche hatte es gepoltert. Wie ein Uhrwerk verschwanden die losen Zettel im Briefumschlag und dieser unter dem Haufen auf der linken Seite. Er konnte gerade noch die Schublade schließen, da vernahm er die Stimme seiner Tochter. Papa, rief sie laut im Haus, es gibt Frühstück. Das war knapp, dachte er, denn

nach dieser Ankündigung wird sie gleich herein-
platzen. Da öffnete sich schon die Tür. Witzig wie
ihre Mutter hüpfte sie herein, umarmte ihn, küsste
ihn auf die Wange und war schon wieder draußen.

Jürgen überlegte. Heute ist Dienstag. In zirka einer Woche ist in der Firma die Jahres-Auftakt-Ver-
anstaltung, die JAV, wie Dr. Krümpfer sie betitelte.
Das war typisch für einen Buchhalter, dachte er. Alles abkürzen, katalogisieren, ordnen und zählen.
Und eintüten, witzelte er weiter. Er konnte seine
witzigen Bemerkungen über Buchhalter nicht fortsetzen, denn Helbert hatte die Küche betreten. An-
standshalber stand er auf, wurde aber von Helbert
wieder auf seinen Platz gedrückt. Das war schon
mal ein gutes Zeichen. Helbert verlangte nur die
Butter, sonst sagte er nichts. Seine Frühstücksbröt-
chen, dick mit Bierwurst belegt, waren für ihn, was
der Treibstoff für die Rakete ist. Ohne konnte der
Tag nicht starten. Gabi mochte es lieber süß. Aber
nach zwei halben Brötchen mit Nutella und Konfi-
türe brauchte sie noch eins mit Leberwurst. Zum
Kontrast, hatte sie gemeint. Jürgen war da nicht so
wählerisch. Er aß das was da war. Erst ein halbes
mit Marmelade, dann eins mit Schinken und zum
Abschluss noch eins mit Nutella. Gabi schluckte,
als sie es sah, sagte aber nichts. Der Kaffee war
wieder ausgezeichnet und auch reichlich da.

Helbert hatte eine Tasse Kaffee mit in den Wintergarten genommen. Jürgen wollte nicht. Bei Tage sah der Wintergarten wunderschön aus und so war auch die Stimmung von Anfang an besser. Um die Zeit zu überbrücken, die sein Chef brauchte, um seine Sitzposition einzunehmen, sah er sich wieder die Zeichnungen an der Wand an. Die Initialen konnte er von seinem Platz nicht deuten. Deshalb wollte er gerade fragen, wie der Künstler hieß, als Helbert ihn ansah und ein 'wie hast du dich entschieden' entgegen schmetterte. Jürgen war erstmal sprachlos. Dass er noch da war, oder besser wieder da war, war doch schon eine Antwort. Aber das genügte dem Chef natürlich nicht. Ich denke, fing er vorsichtig an, dass es besser ist, gemeinsam zu überlegen, als über die Köpfe zu entscheiden. Irgendetwas war jetzt falsch, dachte er sich, aber Gabi hatte den Satz gestern so ähnlich gebraucht. Zum Glück war sein Chef nicht zu Scherzen aufgelegt, so dass er den Schnitzer nicht bemerkte. Die Lage ist so, fing sein Chef an, und es folgte ein zehnminütiger Monolog über die Lage der Firma. Es sah also nicht rosig aus, erkannte Jürgen. Die Auftragslage hatte sich stark verschlechtert und viele schon erledigte Aufträge, die Jürgen schon gedanklich ins Archiv gerückt hatte, waren noch nicht bezahlt. Er hatte immer gedacht, dass für die Rechnungslegung und Geldbeschaffung allein die Buchhaltung verantwortlich war. Aber so einfach war die Sache nicht. Jürgen gab sich alle Mühe, die Zusammenhänge der Firmenpolitik zu verstehen und rutschte dabei immer näher an Helbert heran.

Gabi hatte inzwischen die Zeit genutzt und Wäsche gewaschen. Auch Jürgens Hemd. Er sah zwar sexy in dem Pullover aus, aber er hatte keine Chance, sich auszuziehen, sollte er schwitzen. Und wenn die Sonne in den Wintergarten scheinen sollte, dann würde es sehr heiß dort. Nach dem Schleudervorgang entnahm sie sein Hemd sofort und bügelte es trocken, so dass er es gleich hätte anziehen können. Die restliche Wäsche kam im Anbau auf die Leine. Der Teil, wo die Wäsche hing, war extra etwas sauber gemacht und gestrichen worden. Sie feuerte den kleinen Metallofen in der hinteren Ecke an und zog die Leinen. Das Feuer des Ofens würde nicht lange halten, das wusste sie. Aber wenn sie die Tür richtig schloss und die Fenster geschlossen waren, reichte es für ein, zwei Stunden. Nur wenige Wäschestücke brauchten dann noch eine zweite Feuerung. Sie wollte gerade wieder im Haus verschwinden, als ihr Handy klingelte. Sie ließ den Wäschekorb in den Schnee fallen und kramte in ihren Hosentaschen. Wo war das verflixte Ding? Es klingelt immer im ungünstigsten Moment, dachte sie, als sie es gerade an einem Zipfel erwische. Es war ein ehemaliger Klassenkamerad, der sie fragen wollte, ob sie für Silvester schon etwas vorhatte. Da sie nicht spontan antwortete, ging der Gegenüber davon aus, dass bisher keine Planung erfolgt war. Sie wollte ihn schon abwimmeln, als sie das Wort Schneebaude hörte. Klingt interessant, sagte sie. Darauf verwies der Anrufer auf die folgende Nachricht im gemeinsamen Messenger und legte auf. Sie brauchte auch nicht lange warten und erhielt eine Internetadresse direkt aufs Handy. So blieb man heute in Kontakt.

Klaus erhielt diese Nachricht nicht zum ersten Mal. Aber damals, vor sieben Monaten war noch alles anders. Sie wollten seine Mutter zu sich holen. Die alte Dame war rüstig und kannte sich auch in ihrem Haushalt gut aus. Und sie konnte sehr gut mit Kindern umgehen. Stundenlang beschäftigte sie sich mit Sarah und verschaffte den Eltern wenigstens ein paar freie Minuten. Es war ein wunderschöner Maitag, die Sonne erwärmte langsam die Erde und die Bäume versteckten endlich ihre kahlen Zweige. Conny hatte schon oft geschwärmt, einmal die Burg in den Bergen zu besuchen. Als seine Mutter an diesem Tag zu ihnen kam, war der Entschluss schnell gefasst und Sarah blieb bei ihrer Oma. Drei Stunden hatten sie sich vorgenommen, dann wollten sie zurück sein. Der Ausflug war eine Erholung, die Burg war eine Reise wert und voller Eindrücke kamen sie zuhause an. Als die alte Dame die Tür nicht öffnete, kramten sie schnell den Schlüssel hervor, aber sie konnten die Tür von außen nur mit Mühe öffnen. Seine Mutter lag hinter der Tür, Sarah saß neben ihr und spielte mit ihren Haaren. Zu ihrem Glück lag die alte Dame noch nicht lange dort, die Rettungskräfte nahmen sie sofort mit und Klaus erhielt im Krankenhaus die befreiende Nachricht: seine Mutter lebte.

Als die Erzieherin ihn rief, war Tim voll beschäftigt. Er hatte den Zoo gleich fertig. Die Giraffen und die Nilpferde konnten in einen Stall, die vertragen sich, wusste er. Der böse Löwe aber musste in einen extra Käfig, sonst frisst er alle anderen Tiere. Die Tür öffnete sich und seine Erzieherin blickte herein und forderte ihn abermals auf, zum Essen zu kommen. Nur widerwillig ließ er seinen Zoo im Stich, da er den Bären noch nicht im Käfig hatte. Aber seine Lieblingsspeise, Nudeln mit dicker, roter Soße, stimmten ihn sofort um und er vergaß den Zoo. Bald würde seine Mutter ihn abholen, dachte er. Nach dem Essen war Ruhe angesagt und Tim lag auf seiner blauen Liege neben den anderen Kindern und konnte nicht schlafen. Er spielte mit den Bettzipfeln, bis seine Erzieherin ihn ermahnte. Kurz darauf war er eingeschlafen. Die Erzieherin sah zu Tim und überlegte. Sie kannte den Jungen schon lange und fragte sich, warum er bisher noch keine Eltern gefunden hatte. Ihr Kinderheim bekam doch so oft Besuch.

Gabi konnte gut kochen. Sie hatte es teilweise von ihrer Mutter abgeguckt und später viel nach Anweisung gekocht, als ihre Mutter nicht mehr am Herd stehen konnte. Jürgen und Helbert hatten sie nicht gebraucht, es schien eine ruhige Unterredung gewesen zu sein. Jürgen hatte den Pullover ausgezogen und kam auch zum Mittagessen im T-Shirt. Als er das saubere Hemd sah, hellte sich sein sorgenschweres Gesicht wieder auf. Er zog das Hemd über und drückte ihren Arm, so dass es Helbert nicht sehen konnte. Sie lächelte flüchtig, als sie die Soße umrührte. Jürgen hatte sich wirklich Mühe gegeben, Helberts Ausführungen am Vormittag zu verstehen und musste einsehen, dass eine Firma ein kompliziertes Gefüge ist. Er wollte nie eine Firma leiten, dachte er. Aber er hatte mit Helbert wirklich ein paar Lösungsansätze erarbeitet und einen kleinen Stufenplan entwickelt. Auch bei der Personalfrage hatte sich Jürgen recht objektiv gezeigt, er machte sich aber echt Sorgen um jeden Mitarbeiter. Das Mittagessen entspannte die zwei Männer wieder und Gabi schlug vor, am Nachmittag spazieren zu gehen.

Während der vormittäglichen Unterhaltung hatte Helbert so nebenbei Jürgen auch gefragt, wie er seine Tochter fände. Wahrheitsgemäß hatte dieser geantwortet, dass sie umwerfend ist. Das hatte Helbert geschmeichelt und seine Hoffnung gestärkt, dass seine Tochter und Jürgen sich näher kommen könnten. Beim Spaziergang an der frischen Winterluft war er dann absichtlich etwas langsamer gegangen, um die beiden nicht beim Gespräch zu stören. Und irgendwann hatte Gabi auch keine Rücksicht mehr darauf genommen, dass ihnen ihr Vater folgte, und Jürgen bei der Hand gefasst. Helbert musste leicht grinsen, als er sah, dass sein vermeintlicher Plan die ersten Früchte trug. Die Sonne glitzerte auf den Dächern der Vorstadt und als die Vorgärten verschwanden und die Straßen breiter wurden, war Gabi nicht mehr zu bremsen und gab Jürgen den ersten Kuss. Natürlich den ersten Kuss vor ihrem Vater, aber das wussten nur die beiden.

Helbert hatte zuhause kein Internet. Er wusste es in der Firma zu nutzen, aber er wollte zuhaus seine Ruhe haben. Er ging dann auch allein zurück, als Gabi und Jürgen noch ins Internet-Café gehen wollten. Doch Helbert war zufrieden mit der Entwicklung und entließ die beiden gern gemeinsam. Das Internet-Café kannte Gabi gut, war sie doch regelmäßig mit ihrer Freundin Sonja hier. Aber Sonja war ja noch in Hamburg. Gabi hatte eine Dauerkarte, so bezahlten sie nur den ermäßigten Preis und beide verzogen sich an einen Platz, der von vorn nicht so gut einzusehen war. Auch Gabi und Jürgen waren erleichtert, dass nun scheinbar ihrer Beziehung nichts mehr im Wege stand. Sie küssten sich zuerst innig, bevor Gabi die Internetadresse in die Tastatur klopfte. Der Sprecher ihrer Klasse, der mit der alten, noch nicht mobil nutzbaren Internetseite die damaligen Klassenkameraden über große Entfernungen noch zusammenhielt, hatte für Silvester in der Schneebaude eine Party vorbereitet und im Internet Treffpunkt und Zeit bekannt gegeben. Gabi las, dass schon dreizehn ihrer Mitschüler eingetragen waren, einige mit mehreren Personen. Sie sah zu Jürgen und er nickte. Auch ihm gefiel der Plan, mal in den Bergen zu feiern. Er wollte nur vorher kurz zuhause vorbei schauen.

Helbert wusste, dass er jetzt für mindestens eine halbe Stunde nicht gestört werden würde. So verzog er sich sofort in sein Zimmer und zog noch einmal den braunen Briefumschlag hervor. Die Zeichnung enthielt nur den in Diagrammen und Zahlen dargestellten Laborbefund zu dem ersten Blatt. Er erinnerte sich an den Tag, als er im Krankenhaus diesen Befund überreicht bekam. Seine Frau war zur Kur und eine Genesung schien möglich. Er hatte schon wieder Pläne und wollte mit seiner elfjährigen Tochter am Wochenende zum Sanatorium fahren. Aber daraus wurde nichts mehr. Er war zwei Tage zuvor zum Ärzte-Gremium geladen und dort wurde ihm mitgeteilt, welche Tragweite diese

Krankheit hatte. Seine Frau hatte nicht mehr lange zu leben. Allein dieser Umstand zog ihm die Beine weg. Aber es sollte noch schlimmer kommen. Die weiteren Erläuterungen der Ärzte hörte er nur noch hinter einem Schleier und er legte die überreichten Dokument damals so vorsichtig in seine Aktentasche, als ob sie genauso zerbrechlich wären wie die Gesundheit seiner Frau. Helbert erinnerte sich auch noch an den Abend, als seine Tochter beinahe die Dokumente zu lesen bekam. Er war nicht mehr Herr seiner selbst gewesen, wollte er doch genau das um alles in der Welt verhindern. Damals wusste er sich keinen anderen Rat und bereute es später sehr. Aber auch heute hatte er keine Lösung, als er die Blätter wieder verstaute.

Der Abend war schön. Man saß gemeinsam am Kamin im Wohnzimmer und knackte Nüsse. Bis gegen zehn Uhr hatte man ferngesehen. Jürgen fügte sich, als Gabi etwas aussuchte, was seinen Neigungen nicht so ganz entsprach. Aber dann fand er doch Gefallen daran und summte so manche Weihnachtsmelodie mit. Helbert hatte sich nach dem Abendprogramm verabschiedet und eine gute Nacht gewünscht. Trotzdem kramte er noch eine ganze Weile in der Küche, als ob er die beiden unter Kontrolle halten wollte. Als ihm aber die Ideen ausgingen, knipste er das Licht aus und ging in sein Zimmer. Jürgen erinnerte sich an die Zeichnungen im Wintergarten und fragte nun Gabi nach dem Namen des Künstlers. Gabis Gesicht versteinerte kurz, aber dann erzählte sie, wie die Zeichnungen in diesem Haus entstanden waren. Sie erzählte von ihrer Mutter und Jürgen war froh, bei Helbert diese Frage nicht gestellt zu haben. Gabis Stimme wurde bei der Erzählung immer weicher und als man immer näher rückte, auch immer leiser. Sie erzählte von ihrer Kindheit und von den Reisen, soweit sie sich erinnern konnte. Ihren Bruder hatte sie kaum gekannt, er starb als Kind bei einem Unfall. Ihrer Mutter ging es danach sehr schlecht und ihr Vater zog mit ihr hierher, in die Nähe des Krankenhauses. Besonders gut konnte sie sich an den Geruch erinnern, wenn ihre Mutter für eine kurze Zeit nach Hause durfte. Dieser Duft verging nach ein paar Tagen, aber er hatte so etwas Steriles an sich. Gabi trauerte damals lange um ihre Mutter. Sie wollte schon ihren Schulabschluss schmeißen, aber das ließ der Vater nicht zu.

Die Offenbarung - 29. Dezember

Helbert hatte am vergangenen Abend wieder die Handys von ihm und seiner Tochter getauscht. Diesmal war es nicht ganz so einfach, denn dieser Jürgen war noch da. Er fand den Jungen nett und konnte ihn sich als Schwiegersohn durchaus vorstellen, aber er wusste, dass er seine Tochter nicht so einfach hergeben konnte. Da war noch etwas, das er Jürgen jetzt noch nicht sagen konnte. Damit es nicht so auffiel, kramte er dann noch eine Weile in der Küche, bevor er sich in sein Zimmer zurückzog. Die Anzahl der Telefonbucheinträge war unverändert, was die Sache erleichterte und einen Rücktausch oder einen Abgleich erübrigte. Helbert wusste, dass seine Tochter ihm später einmal dankbar dafür sein würde, ihre Kontakte so genau verfolgt zu haben. Er hatte extra für diesen Zweck zwei gleiche Handys angeschafft, nur für die Umleitungen brauchte er ein drittes. Nun war alles wieder so, dass es funktionierte und Helbert war zufrieden. Er war heute früher aufgestanden, irgendetwas hatte ihn aus dem Bett getrieben. Aber seine Stimmung hellte sich sofort auf, als Gabi und später Jürgen aus verschiedenen Türen kamen. Er rügte sich, diesen Verdacht bei seiner Tochter gehabt zu haben. Der Kaffee war fast fertig und er machte den Vorschlag, heute im Wintergarten zu frühstücken. Die Sonne strahlte, als ob sie fünf Wolkenta-ge ausgleichen müsste und so begann es schon wie-der zu tauen.

Der Schneemann vor dem Haus war nur noch zu erahnen und Jürgen dachte an die Schneebaude. Aber Silvester in den Bergen ohne Schnee, das mochte er sich nicht vorstellen. Doch das Wetter hatte auch seine guten Seiten, fand er. Er machte den Vorschlag, mit Gabi in die Großstadt zu fahren. Damit Helbert zustimmte, schlug er vor, sie in der Innenstadt abzusetzen, wenn er kurz zuhause vor-bei fuhr. Gabi wollte zunächst nicht, sagte dann aber zu. Jürgen war fast etwas erschüttert, erkannte dann aber an ihrer Miene, dass dieses Spiel den gleichen Zweck verfolgte, wie sein Hinweis zuvor. Helbert war einverstanden, fragte aber zugleich nach der geplanten Rückkehr. Da sich keiner so recht festlegen wollte, einigte man sich zum ge-meinsamen Abendbrot um halb sieben. Der Koffer-raum des alten Opel musste noch ein paar leere Bierkästen schlucken und ab ging die Fahrt.

Auch Klaus hatte den Anruf seines ehemaligen Mitschülers erhalten und sich im Internet die Liste der Anmeldungen angesehen. Gern hätte er für Conny und sich einen freien Abend genommen, aber dazu musste man einen Babysitter finden. Ei-nen Babysitter, der auch mit großen Babys zu Recht kam, und das war ein Problem. Seine Mutter war nach dem Infarkt nicht mehr in der Lage, auf Sarah aufzupassen. Aber sie wollte auch nicht ins Pflegeheim. So krank sei sie nicht, hatte sie immer wieder beteuert, als Klaus mit ihr gesprochen hatte. Schnell hatte er dann den Entschluss gefasst, eine Betreuung in ihrer Wohnung einzurichten. Den Aufwand hatte er aber unterschätzt. Bis, ja bis er diesen Caritas-Verein in der Nachbarstadt fand. Dort hatte man schon eine Notrufzentrale und war bereit, auch in seinem Ort einen Stützpunkt zu eröffnen, wenn genügend Teilnehmer zusammen kommen würden. Klaus hatte diese Aufgabe übernommen und in seiner Kleinstadt Werbung für die häusliche Pflege gemacht. Als sich endlich zehn Teilnehmer dazu bereiterklärten, wurde auch in seiner Stadt eine Notzentrale eingerichtet. Seine Mutter war ihm unendlich dankbar, sie fühlte sich zuhaus und trotzdem ärztlich versorgt.

Bei diesem schönen Wetter wäre man sicher sehr schnell in der Großstadt gewesen, fand Gabi. Aber Jürgen wollte es nicht testen, er ließ sich Zeit, die Landschaft zu genießen. Sein alter Opel brummte friedlich durch den Wald. Auch Gabi genoss diesen unerwarteten Frühlingshauch. Der Wald schimmerte grünlich, die meisten Bäume hatten ihre weißen Mützen wieder abgesetzt. Der Waldboden aber war noch dick mit Schnee bedeckt. Wenn die Sonne zwischen den Zweigen hindurch leuchtete, funkelten die Wassertropfen an den Zweigen. Gabi schloss die Augen und lies sich durch die Sonne wärmen. Sie hatte wieder den Weihnachtsmarkt vor Augen, aber sie war in ihrer Fantasie nicht allein. Gerade wollte sie ihren Begleiter küssen, da hörte sie ihn fragen, ob er mal anhalten sollte. Sie öffnete die Augen und ihr Begleiter sah sie aus seinen Augenwinkeln an. Sie nickte und er bog in einen kleinen Waldweg ein. Bevor er aber aussteigen konnte, hatte sie ihn zu sich herüber gezogen und sie küssten und umarmten sich leidenschaftlich. Sie blieben so ineinander verschlungen noch eine ganze Weile sitzen. Jetzt hatte auch Jürgen seine Augen geschlossen und Gabi betrachtete Jürgen genau. Seine Ohren waren zum Anbeißen, fand sie, wollte aber die Stimmung nicht unterbrechen. Sie steckte ihre Nase in seine Haare, roch an ihnen und lies sich kitzeln. Und je näher sie ihm kam, umso mehr spürte sie das Verlangen, mit ihm zu schlafen. Sie wollte ihn nie mehr loslassen schwor sie sich. Als Jürgen langsam die Augen öffnete, lag ihr Kopf auf seiner Schulter. Ihr Blick war der Welt seltsam entrückt und er wollte sie nicht abrupt zurückholen. Er musterte sie. Noch vor sechs Tagen war sie für ihn ein Traum, ein unerfüllbarer Traum. Er hatte sich ihre Freundschaft gewünscht, auf ihre Liebe hatte er gar nicht gehofft. Nun lag sie in seinen starken Armen und ließ sich fallen. Und er wusste, das bedeutet unendliches Vertrauen. Dieses Vertrauen wollte er nie verletzen und er wollte sie nie mehr hergeben.

Sie mussten einige Zeit dort gesessen haben. Als Jürgen auf die Autouhr sah, bekam er einen Schreck. Er küsste Gabi flüchtig und auch sie erwachte aus ihren Fantasien. Sie streichelte seinen Arm, küsste seine Hand und stieg aus. Blinzelnd breitete sie die Arme aus und empfing die wärmenden Strahlen. Als sie aber weitergehen wollte, bemerkte sie, dass der Weg nur aus nassem Schnee und vielen Pfützen bestand, in denen sich die Sonne spiegelte. Sie stieg sofort wieder ein und überzeugte Jürgen, weiter zu fahren. Er war noch gar nicht ausgestiegen und es war ihm Recht, den nassen Waldweg wieder verlassen zu können. Gabis Temperament war nun wieder erwacht. Sie erzählte von ihrem Studium und amüsierte sich über jeden Schaltfehler, den Jürgen machte. Der alte Opel wollte eben manchmal nicht so, wie Jürgen es gern gehabt hätte. Aber sich darüber lustig zu machen, das fand er nicht schön. Doch Jürgen überhörte es. Schließlich kannte er Gabi und ihm waren ihre Temperamentsausbrüche nicht nur bekannt. Manchmal vermisste er sie regelrecht, wenn er selbst in schlechter Stimmung war und einer Aufheiterung dringend bedurfte. Sie hatten sich mit kurzen Worten geeinigt, zuerst bei ihm zuhause vorbei zu fahren.

Zu Mittag war Helbert nur selten allein. Stets war Gabi da gewesen und hatte für ihn gekocht. Oder er war in seiner Firma und ging in eine Imbissstube in der Nähe. Nur manchmal, wenn Geschäftsfreunde kamen oder gute Kunden, ließ er es sich nicht nehmen, sie in ein Restaurant in der Stadt einzuladen. Am besten gefiel ihm persönlich die kleine Gaststätte in einer Querstraße. Sie hatte einen unaussprechlichen Namen, hatte aber feinste deutsche Küche zu bieten und war stets gut besucht. Die Preise schreckten Gelegenheitsbesucher ab und so konnte man sich geschäftlich geben. Wenn er aber allein essen ging, dann war ihm auch die Pizzeria an der Ecke zum Einkaufspark recht. Heute war er zuhause allein. In den Tagen als Gabi verschwunden war, hatte er fast gar nichts gegessen. Heute hatte er aber Hunger, wusste er ja, wo seine Tochter war und mit wem. Er kannte Jürgen schon acht Jahre. Als er ihn einstellte, machte Jürgen noch einen unfertigen Eindruck. Aber er hatte sich im Einstellungsgespräch durch gutes Wissen und Überzeugungskraft hervorgetan. Helbert hatte Jürgen zuerst nur wenig zugemutet. Er war ein Typ, der lieber selbst seine Arbeiten erledigte, als sie anderen zu überlassen. Aber die Anzahl der Aufträge hatten ihn dann doch gezwungen, seinem Mitarbeiter die Bearbeitung voll zu überlassen und Jürgen war an diesen Aufgaben gewachsen. Nach und nach hatte Helbert gemerkt, dass er seinem Mitarbeiter vertrauen konnte. Mit diesem guten Gefühl im Bauch wärmte er sich eine fertige Mahlzeit in der Mikrowelle.

Als Jürgen in seine Straße einbog, kannte er fast alle Mitstudenten von Gabi. Sie hatte unaufhörlich geredet und Jürgen konnte ihrer schönen Stimme lauschen. Wenn er sie nicht ansah, merkte er wieder, dass ihre Stimme etwas tiefer klang, als es ihr Aussehen vermuten ließ. Aber er genoss diesen leicht melancholischen Klang. Sie war längst noch nicht fertig, aber sie verstummte, als sie sein Haus erkannte. Zu dieser Zeit waren genügend freie Parkplätze vorhanden und Gabi hatte die wenige Wäsche von Jürgen in einem Beutel vom Rücksitz genommen und war zuerst im Haus, als ob sie nach dem Rechten sehen wollte. Jürgen hatte Mühe, sie bis zum zweiten Stockwerk einzuholen. In seiner Wohnung roch es etwas muffig, Gabi öffnete alle Fenster und ließ die kalte Winterluft die Räume durchstreichen. Ihr kam alles sehr vertraut vor, obwohl sie nur wenige Tage hier gewesen war. Sein Schlafzimmer war klein und es kam ihr noch kleiner vor, da sein Bett immer noch quer stand. Gabi lies sich ins Bett plumpsen und schloss die Augen. Sie erinnerte sich, wie sie diese Wohnung vor einigen Tagen das erste Mal betreten hatte. Sie war wieder voller Pläne, wollte diese gemütliche Wohnung für sie beide umgestalten. Als Jürgen das Schlafzimmer betrat, öffnete sie die Augen und sah ihn an. Diesen Blick kannte er. Er konnte von ihren Augen nicht lassen und so näherte er sich ihr langsam, bis sie ihn zu fassen bekam. Er fand sich unvermittelt auf seinem Bett wieder und sie küsste ihn im ganzen Gesicht, so dass er die Augen schließen musste. Auch in ihm entflammte die Leidenschaft und er klammerte sich an sie und sie an ihn. Nach den ersten Küssen sahen sie sich an, er in ihre so wundervollen Augen, sie in die seinen, und nichts in der Welt konnte sie jetzt davon abhalten, sich gegenseitig auszuziehen und ihre Körper miteinander zu vereinigen.

Gabi hatte die Augen geschlossen und atmete schwer. Die Bilder in ihrer Fantasie wollten sich nicht beruhigen. So etwas hatte sie noch nie erlebt. Ihr Körper schwitzte und sie bebte bei jedem Atemzug. Ohne die Augen zu öffnen ertastete sie, ob Jürgen noch neben ihr lag. Er hatte die Bettdecke über sie gezogen und versuchte sie zu wärmen. Jürgen hatte sich voll auf sie eingestellt und im gegenseitigen Geben und Nehmen war auch sie zu ihrem Höhepunkt gekommen. Sie genoss die Wellen, die sie spürte, mit voller Leidenschaft. Als die Atemzüge kürzer wurden, wand sie sich vor Entzücken und ihre Augen schienen alles zu verschlingen. Erschöpft sank sie dann ins Bett und Jürgen streichelte sanft ihren Oberkörper, bis ihre Wellen nachließen und sie sich wohlig streckte. Jürgen betrachtete sie von der Seite. Ihr Gesicht war gerötet und auf der Stirn warteten kleine Schweißperlen darauf, sich miteinander zu vereinigen und hinab zu rollen. Jürgen versuchte, mit der Bettdecke ihre Schweißperlen zu erwischen, aber es gelang ihm nicht. Doch er wollte Gabi jetzt nicht loslassen, wo sich ihre Gefühle noch nicht beruhigt hatten. Er hatte oft mit seiner Frau geschlafen, aber so eine Ekstase hatte er selten erlebt. So suchte er mit einer Hand auf dem Boden nach einem Kleidungsstück, mit dem er Gabis Gesicht trocknen konnte.

Als Helbert auflegte, war er zufrieden. Er hatte mit seiner Bekannten telefoniert und aus ihren Schilderungen war hervorgegangen, dass sie nach ihrer gemeinsamen Dienstfahrt gut nachhause gekommen war. Helbert hatte sie erst spät nach Mitternacht in der Nähe ihrer Wohnung absetzen können. Näher konnte er nicht heranfahren, da die Nebenstraßen noch nicht geräumt waren. Helbert hatte sich an diesem Abend mehrmals nach ihrem Befinden erkundigt, doch sie hatte immer nur abgewinkt. Er war sich nicht sicher, ob sie die Bremsattacke gut überstanden hatte, da sie sich danach so lange nicht beruhigen konnte. Er entließ sie in jener

Nacht nur zögerlich und konnte sie an den folgenden Tagen telefonisch nicht erreichen. Doch es stellte sich heraus, dass sie zu den Weihnachtstagen bei ihrem Bruder war, bei dessen Familie sie die Geschehnisse schnell vergessen konnte. Helbert hatte auf die Uhr gesehen und an Gabi gedacht. Inzwischen müsste Jürgen sie ja wieder in der Stadt abgeholt haben. Vielleicht waren sie schon auf der Heimfahrt? Er sah aus dem Fenster und verwarf seinen letzten Gedanken sofort. Noch stand die Sonne über dem Horizont und so hatte er noch Zeit, im Garten hinterm Haus etwas nach dem Rechten zu sehen.

Gabi hatte sich schon lange beruhigt. Sie sah Jürgen mit ihren großen Augen an wie ein Kind, das gerade ein neues Spielzeug bekommen hat, und musterte ihn nun ebenfalls. Sie dachte an ihr Studium. Mit ihrem Aussehen brauchte sie nicht lange warten, bis die ersten Draufgänger ihr den Hof machten. Ab und zu hatte sie es auch zugelassen, eine gemeinsame Nacht in irgendeinem Studentenbett zu verbringen. Aber die Erfüllung war das nie. So wie die Männer gekommen waren, so gingen sie auch wieder, und in ihr blieb stets eine unerfüllte Sehnsucht zurück. Es war nicht so, dass sie keine Freunde hatte, aber die zwei Jungs, mit denen sie sich am besten verstand, hatten kein größeres Interesse an ihr gehabt. Jedenfalls haben sie es nicht gezeigt, aus Angst, aus überzogenem Verständnis ihr gegenüber oder wer weiß was. Und sie vergrub sich in ihre Bücher und zog heimlich das Bild ihrer Sehnsucht hervor. Mit diesem Mann, das wusste sie, konnte sie über alles reden. Sie blickte Jürgen an. Da lag dieser Traum ihr gegenüber und hatte ihr eine neue Welt eröffnet, eine Welt, in der sie nicht das Werkzeug der Begierde war, sondern die Begierde selbst, mit der man behutsam umgehen musste, wollte man sie nicht verlieren. Jürgen war erschöpft, stellte sie fest, aber er zeigte es kaum. Nur die aufgerichteten Haare auf seiner Haut verrieten, dass auch er die letzten Minuten sehr genossen hatte.

Im Hause wurde es langsam dunkel, so dass Helbert im Wohnzimmer die Lichter des Weihnachtsbaumes anzündete. Er schaute auf die Uhr und überlegte, wann er mit den Vorbereitungen des Abendessens beginnen sollte. Vorher wollte er noch auf dem Dachboden in die Abstellkammer, wo weitere Bilder seiner Frau lagen. Ab und zu sah er sie sich an und träumte er von alten Zeiten. Zuerst waren sie viel mit dem Motorrad unterwegs gewesen. Als dann aber ihr Sohn geboren war, wurde ein Auto angeschafft und zu dritt und später zu viert fuhren sie zu den schönsten Orten Deutschlands. Das Auto wurde mit Proviant voll gestopft und so konnte man ohne Rücksicht auf Gasthöfe oder

Raststätten die Landschaft durchstreifen. Helbert war auf dem halben Wege zum Dachboden, als ihm das Mineralwasser einfiel. Hatte er Jürgen an das Mineralwasser erinnert? Er kehrte um und lief zum Telefon. Es dauerte eine Weile bis Jürgen an sein Handy ging. Helbert meinte Jürgens Schnaufen zu hören. Im Hintergrund tuckerte der Motor. Jürgen hatte an der nächstmöglichen Stelle angehalten, als sein Handy klingelte. Das Gespräch war nur kurz und Jürgen änderte noch einmal die Fahrtrichtung, um im nahen Supermarkt Mineralwasser zu holen.

Gabi hatte noch zehn Minuten im Bett gelegen, dann wurde ihr klar, dass ihr Vater sie jetzt in der Stadt wähnte. Sie zog Jürgen aus dem Bett und hinter sich her. Jürgens Blick haftete an ihr, wie ein angehängter Waggon, und er lies sich führen, wohin sie wollte. Erst unter der Dusche spürte er, wie die Anspannung wich und auch sein Verstand sagte, dass sie sich langsam auf dem Weg machen sollten. Er zog sich an, packte ein paar Sachen ein und prüfte mit einem kurzen Blick, ob alle Fenster geschlossen waren, bevor er Gabi aus der Wohnung folgte. Der nahe Markt hatte alles, was man kaufen wollte und so waren sie bereits auf dem Heimweg, als sein Handy klingelte. Während der Fahrt wollte er nicht ran gehen und so suchte er schnell eine Einfahrt, wo er halten konnte. Um Haaresbreite hätte er den Pfosten mitgenommen, aber der Hof dahinter war groß und er nahm das Gespräch noch mit laufendem Motor an. Helberts Stimme gab ihm die Bestätigung, dass sie noch im Zeitplan waren und so steuerten sie den nächsten Supermarkt an.

Es war schon dunkel, als Gabi und Jürgen bei Helbert eintrafen. Helbert hatte sie bereits erwartet und gezeigt, dass auch er ein paar Kleinigkeiten zubereiten konnte. Der Abend war sehr kurzweilig geworden und diesmal war es Jürgen, der sich zuerst in sein Gästezimmer zurückzog. Er war hundemüde und erleichtert über die bisherige Entwicklung. Helbert war es Recht, wollte er doch mit seiner Tochter mal allein sprechen. Er wusste nicht wie er beginnen sollte, als er sich dicht neben Gabi setzte und ihren Arm nahm. Sie blickte ihn an. Sie ahnte, dass jetzt etwas kommen würde, was ihm auf der Seele brannte. Immer wenn er Kummer im Büro hatte oder sonst mit der Welt nicht zufrieden war, setzte er sich zu seiner Tochter und umarmte sie. Er wusste, sie war schon groß und verstand seinen Kummer. Er konnte ihr zwar nicht alles erzählen, aber sie hörte ihm zu und aus ihren Reaktionen erkannte er, dass sie ihm zustimmte. Helbert begann über ihre Mutter zu sprechen, wie er sie vor nun fast 30 Jahren kennen gelernt hatte. Gabi hatte sich mit dem Rücken an ihren Vater gelehnt und die Augen geschlossen. Sie liebte ihren Vater. Und sie hörte ihm gern zu, auch wenn sie nicht immer verstand, was er da erzählte. Ab und zu nickte sie, um ihm zu zeigen, dass sie noch zuhörte und er verstand es als Zustimmung und sprach weiter.

Mit wachen Augen lag Gabi in ihrem Bett. Sie starrte an die Decke und versuchte zu verstehen, was ihr Vater da gerade gesagt hatte. Er hatte wie immer ziemlich weit ausgeholt. Und viele Episoden aus seinem Leben kannte sie aus früheren Geschichten. Die Reisen mit ihrer Mutter, die Probleme mit dem alten Auto. Kurz erschien ihr das Gesicht ihres Bruders, als sie an die Geschichte mit der Kröte am Bach denken musste. Ihr Vater hatte sie gedrückt und nur langsam gesprochen, als er auf den Kern des Gesprächs zu sprechen kam. Die Krankheit der Mutter und ihr Tod waren dem Vater sehr nahe gegangen. Er hatte sich danach fast selbst aufgegeben, das wusste sie. Die wenigen Freunde, die sie hatten, halfen so gut es ging. Aber sie konnten nicht seine Seele reparieren. Das hatte nur sie vermocht. Gabi hatte ihrem Vater wieder Lebensmut gegeben. Und so hatte sie ihm auch verziehen, dass er sehr um sie besorgt war. Aber warum, das hatte sie nicht gewusst. Bis heute. Gabi bohrte mit ihrem Blick Löcher in die Decke und versuchte, seine Worte von vorhin zurückzuholen. Sie müsse davon ausgehen, auch krank zu sein, hatte er gesagt. Und diese Krankheit wäre auch durch Geschlechtsverkehr übertragbar.

Selbstvorwürfe - 30. Dezember

Als Klaus Conny den Zettel gab, atmete sie auf. Er hatte einen Babysitter aufgetrieben, eine Frau in mittleren Jahren, die auch Erfahrungen im Umgang mit behinderten Kindern vorweisen konnte. Conny war erleichtert. Ihre Tochter würde keine Umstände machen, sie war weder aggressiv noch unberechenbar, ihre Entwicklung verlief nur viel langsamer als bei anderen Kindern. Conny küsste ihren Mann und er nahm sie in den Arm. Er liebte sie und seine kleine Familie. Auch Sarah sah glücklich aus, als sie zu ihrem Vater tapste.

Gabi hatte kaum geschlafen. Jetzt, wo sie die Konsequenz ihres gestrigen Handelns überdachte, war ihr klar, dass sie Jürgen und sicher auch andere Männer ernsthaft in Gefahr gebracht hatte. Und auf einmal verstand sie auch, warum ihr Vater all die Jahre sie so überwacht hatte. Jedenfalls hatte er es versucht, hatte die Technik zu Hilfe genommen und Sanktionen erlassen, deren Bedeutung ihr erst jetzt bewusst wurden. Gabi stand auf und ging, ohne einen Blick in den Spiegel zu werfen, in die Küche. Sie brauchte jetzt einen starken Kaffee. Sie hätte fast die Kaffeedose fallen lassen, als Jürgen plötzlich in der Tür stand. Sie konnte ihm nicht in die Augen sehen, stattdessen versuchte sie umständlich, den Papierfilter in der Kaffeemaschine unterzubringen. Als Jürgen ihr helfen wollte, zog sie erschreckt ihre Hand zurück. Jürgen stutzte. Was war mit ihr los? War das die Gabi, die er gestern mit einer Leidenschaft erlebt hatte, die er sonst nur aus Filmen kannte. Jürgen sah sie an, aber sie wich seinen Blicken aus. Was war geschehen? Jürgen konnte sich aus ihrem Verhalten keinen Reim machen, aber er war nicht taktlos und fragte sie nicht. Vorsichtig, um sie nicht zu erschrecken, sagte er nur, dass er auch einen Kaffee brauche. Sie nickte erst, fing dann aber an zu heulen und unvermittelt hatte Jürgen sie an seiner Brust. Zögernd legte er seinen Arm um sie, und nun umarmte sie ihn auch, ohne ihn anzusehen. Sie schluchzte und versuchte, die Lautstärke mit seinem Pullover zu dämpfen. Hatte sie ihrer heimlichen Liebe vielleicht einen nie wieder gut zu machenden Schaden zugefügt? Sie klammerte sich an seinen Pullover und verbarg ihr Gesicht darin. Der Kaffee war längst vergessen. Beide standen in der Küche und rührten sich nicht. Dann gab sich Gabi einen Ruck, löste sich von Jürgen und wand sich wieder der Kaffeemaschine zu. Jürgen setzte sich und beobachtete sie mit verdutzten Augen. Ganz leise, kaum das sie es selbst gehört hätte, sagte sie, dass sie mit Jürgen sprechen müsse. Er nickte nur, obwohl sie es nicht sehen konnte.

Nachdem die alte Dame ihren Frühstückstisch abgeräumt hatte, klingelte das Telefon. Klaus, ihr

Sohn, war am anderen Ende und berichtete über die neuen Pläne für die Silvesternacht. Die alte Dame war sehr erleichtert, dass Klaus endlich jemanden für ihre Enkelin bekommen konnte, und wünschte ihnen viel Vergnügen in der Schneebaude. Sie war stolz auf ihren Sohn und auf ihre Schwiegertochter. Sie liebte auch die kleine Sarah und ärgerte sich zugleich, der jungen Familie nicht mehr so aktiv helfen zu können. Die Frau für die Betreuung ihrer Enkelin hatte sie ausfindig gemacht und so hatte sie wenigstens indirekt helfen können. Sie setzte sich in ihren großen Sessel und nahm die Zeitung. Dann aber musste sie erst ihre Brille suchen und fand sie endlich in der Küche neben der Kochplatte. Richtig, dachte sie, hier brauchte ich sie gestern für die Gebrauchsanleitung der Klöße. Sie setzte sich wieder in ihren Sessel und sah aus dem Fenster. Wenn wenigstens ihr Mann noch leben würde. Er war immer so hilfsbereit gewesen und aufmerksam. Den kleinen Seitensprung vor Jahren hatte sie ihm längst verziehen.

Obwohl es eigentlich nicht kalt war, fröstelte Jürgen. Der dicke Nebel, der über der Stadt hing, machte das Atmen nicht leichter. Gabi war etwas vorausgegangen, immer darauf bedacht, dass ihr Jürgen folgen konnte. Erst am Waldrand blieb sie stehen. Die Stadt lag von hier aus in einem riesigen Tal, im Hintergrund wurde der Horizont durch einen großen Berg in zwei Teile geteilt. Während die Stadt sich am Fuße des Berges breit gemacht hatte, durchstieß die Eisenbahn einfach diesen Berg und verkürzte dadurch ihren Weg zum nächsten Haltepunkt um ein Vielfaches. Nur an den Lichtern, die vereinzelt den Nebel durchdrangen, konnte man das ganze Ausmaß dieser Kleinstadt erahnen. Jürgen war bei Gabi angekommen und wusste nun nicht, wie er sich verhalten sollte. Heute früh war sie bei seiner Berührung zurückgeschreckt. Er stellte sich ganz nah neben sie und sie drehte sich herum. Den Blick noch gesenkt, nahm sie seine Hände und zog ihn etwas näher. Ihr Blick kletterte an seinem Mantel nach oben und verharrte noch einmal auf seiner Brust. Dann gab sie sich einen Ruck und sah in seine tiefen Augen. Aber sie konnte nicht lange hineinsehen, sofort schossen ihr die Tränen in die Augen und sie fing wieder an zu schluchzen. Jürgen drückte sie an seine Brust und ein ganz fürchterlicher Gedanke überkam ihn. Richtig, er hatte ihren Vater heute noch nicht gesehen. War ihm etwas zugestoßen? War er etwa - tot? Ihm lief ein Schauer über den Rücken. Auch sein Atem beschleunigte sich und er war sich nicht sicher, wie er Gabi fragen sollte. Langsam hatte sich Gabi beruhigt, sich aus seiner Umarmung befreit und ohne ihn anzusehen gesagt: 'Jürgen, wir dürfen uns nie wieder sehen!'

Jürgen verstand die Welt nicht mehr. Gabi hatte ihn am Waldrand stehen lassen und war in Richtung Stadt gelaufen. Längst war sie im Nebel verschwunden und Jürgen stand da, als ob ihn gerade der Blitz getroffen hätte. Seine Gedanken liefen Amok, er glaubte schon im Nebel seinen Chef zu sehen. Doch die Nebelfetzen zerstoben und ein leeres mit Schneeflecken bedecktes Feld blieb zurück. Jürgen versuchte sich die Bedeutung ihrer Worte klar zu machen, aber sie vertrugen sich nicht mit den in den letzten Tagen gemachten Erfahrungen. Hatte ihn seine Menschenkenntnis im Stich gelassen? Krampfhaft überlegte er, ob er selbst Auslöser dieser Wandlung war, ob er sich gestern Abend falsch benommen hatte. Aber er konnte sich nur erinnern, zeitig ins Bett gegangen zu sein. Und der Abend war gut verlaufen. Alle drei hatten zuerst Karten gespielt und als sich dann keiner mehr, wegen der ständigen Witze, auf das Spiel konzentrieren konnte, erzählte man die Witze ohne Karten weiter. Da war die Welt noch in Ordnung. Aber was war danach? Gabi saß noch mit ihrem Vater zusammen. Hatte er vielleicht im Gespräch erfahren, dass sie gestern... Ja, es hätte nicht passieren sollen. Aber beide hatten es gewollt, und genossen. Was war falsch daran? Gabi war schon über 25 und konnte eigentlich allein entscheiden. Jürgen ging langsam ebenfalls in Richtung Vorstadt. Wenn er

Gabis Vertrauen verloren hatte, wollte er jetzt nicht zu ihr zurück. Ihm fiel Klaus ein und nach einem kurzen Telefonat ging er bis zum Hof seines Chefs, stieg in sein Auto und fuhr davon.

Helbert hatte sich in der Nacht doch Vorwürfe gemacht und war spät eingeschlafen. Gestern Abend hatte er Gabi von der Krankheit erzählt. Einmal musste sie es ja erfahren, das wusste er, aber vielleicht war sie doch noch nicht so weit gewesen. Als er aufstand, war es schon hell. Gerade kam seine Tochter zur Haustür herein. Sie sah fürchterlich aus, die Nase ganz bleich, die Augen geschwollen und ihr Haar war ganz zerzaust. Helbert erschrak. Seine Gabi war sonst zu dieser Zeit stets gut frisiert. Wo war sie gewesen? Helbert nahm sie in den Arm. Gabi tat das gut, in diesen Armen konnte sie die kleine Tochter sein. Behütet und beschützt. Aber sie hatte einen Kummer, den konnte auch ihr Vater nicht vertreiben. Sie hatte sich gerade von Jürgen getrennt und was sie noch mehr schmerzte, ihn vielleicht zutiefst verletzt. Sie waren am Vortage recht schnell bei der Sache, aber an Verhütung hatte keiner gedacht. Was nun geschehen war, konnte sie nicht mehr korrigieren. Sie riss sich von ihrem Vater los und stürmte in ihr Zimmer.

Klaus öffnete vorsichtig die Tür, hielt Sarah am Arm und ließ Jürgen hinein. Er verschloss die Tür mit dem oberen Riegel und half dann Jürgen aus dem Mantel. Das kurze Telefonat hatte schon angedeutet, was Klaus jetzt vor sich sah: Jürgen war total verstört und den Tränen nah. Conny hatte die Situation sofort erfasst und war mit Sarah im Nebenzimmer verschwunden. Jürgen wollte erzählen, aber seine Kehle war wie zugeschnürt. Er drehte sich um und heulte. Nach ein paar Sekunden hatte er sich aber wieder in der Gewalt und trocknete seine Tränen. Klaus kannte Jürgen schon lange, aber so hatte er ihn noch nicht erlebt. Er wartete geduldig, bis Jürgen von selbst zu erzählen anfing. Und so wie Jürgen erzählte, wechselten auch bei Klaus die Gefühle ständig. Er hatte sich über die Nachricht gefreut, dass Jürgen seinen Platz bei Gabis Vater hat einnehmen können. Aber auch er konnte aus der Beschreibung seines Freundes nicht erkennen, was Gabi zu diesem Sinneswandel bewogen hatte. Es musste mit ihrem Vater zusammenhängen, da war er sich sicher. Jürgen trocknete sich seine Augen, es war ihm peinlich, seine Gefühle so gezeigt zu haben. Aber er wusste, bei Klaus konnte er es tun. Klaus war aufgestanden, um Conny zu bitten, für sie Tee zu kochen. Und er brachte Sarah mit, deren tapsiges Verhalten bald Freudentränen in Jürgens Gesicht zauberten.

Gabi lag noch immer angezogen auf ihrem Bett als es klopfte. Ihr Vater trat ein, wie er es oft getan hatte. Er setzte sich zu ihr und strich ihr übers Haar. Ohne ihren Kopf zu drehen, sah sie ihn aus den Augenwinkeln an. Sie mochte es, wenn er behutsam über ihre Haare strich. Doch heute war alles anders. Mit einem Ruck drehte sie sich herum und ihre Augen sahen ihn vorwurfsvoll an. Helbert erschrak, hatte aber so etwas erwartet. 'Wegen dir', hörte er sie sagen. Aber sie verstummte sofort und ihre Stimme schien sich in ihren Körper zu verkriechen. Ganz leise setzte sie fort: 'Wegen dir habe ich gerade meinen besten Freund verstoßen.' Helbert zog seine Hand zurück. Meinte sie Jürgen, den sie doch erst ein paar Tage kannte? Jetzt fiel ihm auf, dass er Jürgen heute noch nicht gesehen hatte. Er hatte ihn schlafen lassen wollen und extra nicht ins Gästezimmer geschaut. Helbert fand seine Befürchtungen bestätigt: es war vielleicht doch keine guter Zeitpunkt gewesen, ihr gestern von der Krankheit zu erzählen. Gabi war aufgestanden, hatte ihre Jacke aufs Bett geworfen und begonnen, ihre Haare zu kämmen. Helbert stellte sich hinter sie und blickte in ihr Spiegelbild. Ihre Augen waren rot angelaufen, aber sie war sehr hübsch. Das erkannte er. Er war froh, dass die Krankheit noch keine sichtbaren Zeichen hinterlassen hatte. Das ist meine Tochter, sagte er zu sich und er war stolz.

Mittlerweile war auch Conny in die Geschichte um Jürgens verzweifelte Liebe eingeweiht. Klaus

hatte zuerst Jürgen angesehen und Jürgen hatte genickt. Er war froh, nicht selbst erzählen zu müssen,
hatte dann aber doch ab und zu Klaus berichtigt,
wenn dieser seiner Ansicht nach nicht die richtigen
Worte gefunden hatte. Nun saßen alle drei mit ihren
Gläsern in der Hand am Tisch und sahen Sarah zu,
wie sie versuchte, die Teppichmuster hochzuheben.
Conny kannte Gabi mehr aus den Erzählungen von
Klaus als wirklich. Gabi war mal hier gewesen und
sie hatten sich auch am See ein paar Mal getroffen.
Aber viel ist nicht geredet worden. Sie hatte nichts
gegen Gabi, wusste sie doch von Klaus um die Ei-
genarten dieser Familie. Gabi war ihr sogar sympathisch und so freute sie sich, sie und Jürgen zu Silvester besser kennen lernen zu können. Und nun
das. Auch Conny war zuerst ratlos. Doch dann hatte
sie eine Idee.

Das Mittagessen musste heute ausfallen. Gabi
hatte zu nichts Lust. Helbert hatte Gabi noch einmal über die Haare gestrichen und war dann aus
dem Zimmer gegangen. Sie saß vor dem Spiegel
und sah sich in die Augen. Jetzt wurde sie zornig
und musste sich vom Spiegel abwenden, sonst hätte
sie die Bürste ihrem Spiegelbild ins Gesicht geworfen. Stattdessen landete die Bürste hinterm Bett.
Was hatte sie nur getan? Sie zog die Jacke an und
hatte das Gefühl, Jürgen am Waldrand angebunden
zu haben wie einen ausgesetzten Hund. Ja, ihr Vater

hatte gestern etwas gesagt, was ihre ganze Beziehung in einem ganz anderen Licht erscheinen lies. Aber jetzt schämte sie sich. Jürgen einfach so stehen zu lassen. Hoffentlich kann sie ihn wie vor ein paar Tagen noch erreichen, bevor er Dummheiten macht. Gabi sah in den Spiegel und ihre roten Augen blitzten. Ja Gabi, sagte sie zu sich, aufgeben ist nicht deine Art.

Gabi hatte sich einen Schal um den Hals gewunden, um ihr Gesicht darin verbergen zu können. Sie war die Straße entlang gelaufen, aber von Jürgen keine Spur. Seit heute morgen hatte sie Jürgens Bild noch nicht wieder angesehen, jetzt kramte sie es heraus und betrachtete es. Auf diesem Bild lachte er. Und er stand neben Klaus. Jetzt fiel ihr auch Klaus ein. Sie hatte das Bild noch nicht wieder richtig an seinem Platz, da klingelte ihr Handy. Diese Rufnummer kannte sie nicht. Zögernd meldete sie sich. Es war Conny. Conny wollte mit ihr reden. Über Klaus, sagte sie. Als ob sie keine anderen Sorgen hatte, dachte Gabi. Aber Klaus war ihr Freund. Und der von Jürgen. Dieser Umstand brachte sie dann doch dazu, zuzusagen. Sie legte auf und sah auf die Uhr. Jetzt erst merkte sie, dass Jürgens Auto nicht mehr auf Vaters Hof stand. Ihn konnte sie also nicht mehr erreichen. Aber vielleicht konnte Klaus helfen. So lenkte sie ihre Schritte in Richtung Stadt.

Der Nebel hatte sich in den niedrigen Häuserzeilen der kleinen Stadt verfangen. Den Metzger, den Conny genannt hatte, kannte sie. Aber bei diesem Nebel ihn zu finden war doch nicht so leicht gewesen. Endlich stand sie davor. Drinnen war Licht. Hier war sie auch mit Sonja schon gewesen. Der Nudelauflauf war hier besser als irgendwo in der Stadt, aber zum Essen war sie nicht hier. Sie stieg die zwei Stufen hinauf und betrat den Laden. Conny machte ein ernstes Gesicht, aber als sie Gabi erkannte, hellte sich ihr Gesicht auf. Sie war froh, dass Gabi wirklich gekommen war. Zuerst hatte sie Zweifel, ob sie Gabi dazu bewegen könnte, sie kannten sich bisher ja nur wenig. Aber ihr Wille, zu helfen und ihr insgeheimer Wunsch, diese Gabi als Freundin zu haben, hatten es doch geschafft. Gabi bestellte sich einen Kaffee und stellte sich neben Conny. Gabi wusste, dass Conny sehr natürlich und teilweise sehr direkt war. Aber das passte zu ihrer Hilfsbereitschaft und so wartete sie, dass Conny anfing, ihr den Grund des Treffens zu nennen. Sie hatte ihren Kaffee erhalten und Conny erzählte.

Als Gabi und Conny den Laden verließen, lachten beide. Ja, Gabi war glücklich. Conny hatte zuerst von Klaus erzählt. Gabi kannte Klaus länger als Conny, aber sie hatte sich nie in ihn verliebt. Und so war Conny nicht das Mädchen, welches ihr den Freund ausgespannt hatte, sondern jenes, welches sie ihm so gewünscht hatte. Conny erzählte von Sarah und von Klaus' Wunsch, noch ein Kind zu bekommen. Conny hatte sich darauf untersuchen lassen, aber der Befund legte ihr nahe, wegen möglicher Risiken kein Kind mehr zu bekommen. Das hatte Klaus sehr irritiert. Er war Conny nicht böse, das stand außer Frage, aber seine Welt schien zu wanken. Darauf hatte sie ihm den Vorschlag gemacht, ein Kind zu adoptieren. Und Klaus hatte zuerst zugesagt, mit ihr in das nahe Kinderheim zu fahren. Aber kurz vor dem Termin hatte er abgesagt und Conny hatte auch bis heute den Grund nicht erfahren können. Irgendwie erkannte Gabi auch sich und Jürgen in ihrer Geschichte wieder. Auch bei ihnen stand eine Krankheit zwischen ihnen und vielleicht konnte auch bei ihnen die Lösung für die Zukunft Adoption heißen. Conny hatte nach dem zweiten Kaffee dann Gabi angesehen - eher um eine Lösung oder Hilfe zu erhalten. Aber Gabi hatte unmerklich angefangen von Jürgen zu erzählen. Conny sah von der Seite ihre neue Freundin an und Gabi tat es gut, einen Zuhörer außerhalb ihres Hauses zu haben. Gabi erzählte nicht alles, aber sie sprach vom Kennenlernen vor drei Tagen, von seiner Wohnung und auch von ihrem Vater. Und nun war Jürgen weg, weil sie sich so dämlich benommen hatte. Er hatte, das merkte sie jetzt, nicht einmal die kleinste Möglichkeit gehabt, etwas dazu zu sagen. Bei den letzten Worten hatte Gabi den Kopf gesenkt und ihre Stimme war leiser geworden. Da hatte Conny ihre Hand auf Gabis gelegt und leise gestanden: Jürgen ist bei uns.

Helbert saß in seinem Zimmer. Die ganze Welt schien langsam weg zu trifften. Seine Firma ging den Bach runter, seine Tochter war schon wieder aus dem Haus gerannt und sein neuer Schwiegersohn war eher weg, bevor er mit ihm unter vier Augen über einen wichtigen Aspekt der Familienplanung reden konnte. Er sah aus dem Fenster. Draußen verzog sich der Nebel langsam und der blaue Himmel kündigte eine kalte Nacht an. Nur unten in den Gassen der Stadt schien der Nebel noch einen Halt gefunden zu haben und er ließ sich auch durch die schwache Abendsonne nicht von dort vertreiben. Hatte Helbert alles falsch gemacht? Er stand ratlos am Fenster und betrachtete die Rauchsäulen, die kerzengerade aus den Schornsteinen der Häuser in den Himmel flohen. Am Horizont machte sich die Sonne gerade ein rotes Bett aus Wolkenfetzen und in seiner Stadt gingen die ersten Straßenlaternen an. Helbert drehte sich herum und setzte sich wieder an seinen Schreibtisch. Mit geübtem Griff öffnete er die Schublade seines Schreibtisches und breitete die drei Blätter auf dem Tisch aus, die ihm solche Schmerzen bereiteten. Das dritte Blatt hatte er erst nach dem Tode seiner Frau erhalten, aber es war das Blatt mit der schrecklichsten Nachricht. Damals, als er es von seinem Hausarzt nach einer Routine-Untersuchung bekam, empfand er es fast als Todesurteil. Der Arzt hatte lange mit ihm gesprochen und Helbert war sich bewusst, dass er die Zeit nicht zurückschrauben konnte. Gabi war fast 14 aber er machte sich Vorwürfe, diesen Umstand 14 Jahre zuvor noch nicht berücksichtigt zu haben. Natürlich konnte er es damals noch nicht wissen, die Wissenschaft war erst jetzt soweit, die Zellen so genau zu untersuchen. Obwohl es ihn schmerzte, ertappte er sich dabei, froh zu sein, seinem Sohn dieses Schicksal ersparen zu können. Seine Zellen waren es, die das Unheil in ihre Familie brachten. Er hatte seine Frau angesteckt, sie war daran erkrankt und nun war Gabi soweit, diese Krankheit vielleicht weiter zu geben.

In der Schneebaude - 31. Dezember

Als Helbert aufwachte, hörte er das gewohnte Poltern in der Küche. Dann schreckte er auf. Gestern war er noch allein. Er stürmte aus seinem Zimmer, um nachzusehen, ob er die Polizei rufen oder sich freuen sollte. Gabi feuerte den Ofen und sah ihn an. Ihre Augen blitzten und das tat Helbert gut. Seine Tochter war wieder da! Wie weggeblasen war die Angst von gestern und er schloss seine Tochter in die Arme. Dann zog er sie zu einem Stuhl und wollte es genau wissen. Kurz erzählte sie, dass sie Jürgen bei Klaus gefunden und mit ihm gesprochen hatte. Gemeinsam waren sie noch im Kino und spät nachhause gekommen. Helbert war überglücklich. Gabi legte die letzten Holzscheite nach und wusch sich die Hände. Helbert fiel auf, dass sie auch viel besser aussah, sie hatte ihre Haare gekämmt und der blassgrüne Pulli unterstrich ihre weibliche Figur. So ähnlich hatte er auch oft ihre Mutter am Fenster stehen sehen. Aber dieser Gedanke war schnell verflogen. Gabi fragte trotzdem noch einmal ihren Vater, ob Jürgen mit ihnen frühstücken dürfe. Helbert nickte freudig und Gabi klopfte an das Gästezimmer.

Jürgen wollte nicht aufstehen, gerade hatte er noch so herrlich geträumt. Aber er erkannte Gabi in der Tür und war sofort aus dem Bett. Er zog sie kurz ins Zimmer für einen Kuss, dann entließ er sie, um im Bad zu verschwinden. Zum Frühstück hatte Helbert extra von der Nachbarin frische Eier besorgt, so konnte er ein Riesenrührei zaubern. Es gäbe heute nur ein Rührei, sagte er, weil das alte Jahr nur noch einen Tag habe. Heute ist Silvester, erkannte Gabi. Sie dachte an den heutigen Abend und ihr wurde klar, dass ihr Vater dann ganz allein in der Wohnung sitzen würde. Aber vielleicht fand sie noch eine Lösung, dachte sie. Gabi und Jürgen wollten noch einmal zu Klaus. Sie hatten gestern alle vier lange geredet und auch Klaus' Problem war zur Sprache gekommen. Da bei Jürgen und Gabi eine ähnliche Situation bestand, hatte man sich geeinigt, heute einen Kurzbesuch im Kinderheim zu wagen, um sich so an diesen Umstand zu gewöhnen. Klaus war endlich bereit gewesen, seine Abneigung genau zu prüfen und so hatte man sich für heute Vormittag verabredet.

In der Nacht hatte es gefroren und die Straßen waren ziemlich glatt. Der alte Opel musste sehr aufpassen, aber er meisterte die kleinen Gässchen der alten Stadt mit Eleganz. Zu viert waren sie dann an den Stadtrand gefahren, wo das Kinderheim in einem großen Park stand. Im Garten spielten einige Kinder. Die Erzieherin, die die Vier vom Tor abholte, erklärte, dass etliche Kinder bis Neujahr bei ihren Gasteltern wären. Sie führte die zwei Pärchen durch das große Haus und erklärte die Ordnung, die die Kinder gewohnt waren. In zwei Gruppenzimmern war eine Beschäftigung für die Kinder möglich, die nicht im Garten spielen wollten. Neben Basteln, Malen und Musikhören konnten die Kinder sich auch selbst etwas ausdenken und ihre Fantasie spielen lassen. Nach dem Rundgang brachte die Erzieherin alle Vier zur Leiterin des Heimes. Diese wollte zuerst wissen, welches Paar den Adoptiv-Wunsch hatte und war erfreut, dass beide Paare sich informieren wollten. Die Kontaktdaten wurden ausgetauscht und dann in einer losen Runde bei Kaffee und Gebäck über die Möglichkeiten einer Adoption und die Verpflichtungen gesprochen, die die Adoptiveltern eingehen würden. Klaus war endlich aus sich heraus gekommen und hatte von seinem Negativerlebnis erzählt. Conny war froh, seine Argumente zu hören. Natürlich, nahm die Erzieherin seinen Faden auf, gäbe es immer wieder Fälle, wo die Adoption nicht funktioniert. Und in einem bestimmten Alter sollten die Kinder schon erfahren, wer ihre leiblichen Eltern sind, meinte sie. Im Jugendlichenalter könne das schon mal zu großen Auseinandersetzungen führen. Aber wichtig wäre, dass man dieses Kind liebt und seine Liebe und Zuneigung übermittelt. Conny sah Klaus an und wusste, dass er genau das täglich tat.

Auch Jürgen und Gabi waren sehr angetan von diesem Heim. Sie schlenderten zum Ausgang und machten schon Pläne, in welchem Alter sie das erste Kind nehmen wollten. Als Conny mit ihnen am Ausgang war, merkten sie, dass einer fehlte. Klaus war verschwunden. Sie liefen zurück und fanden ihn in einem der beiden Gruppenzimmer. Er kniete auf dem Bauteppich und stellte mit einem kleinen Jungen Tierfiguren in einen selbst gestalteten Zoo. Klaus merkte nicht, wie seine drei Freunde ins Zimmer drängten und die Erzieherin legte den Finger auf den Mund und deutete ihnen, leise zu sein. Sie hatte beobachtet, wie der junge Mann ins Zimmer sah und eine kleine Weile das Treiben beobachtete. Klaus hatte den kleinen Jungen bemerkt, der allein spielte und war unwillkürlich näher getreten. Als sich dieser dadurch nicht stören ließ, war Klaus in die Knie gegangen und hatte einfach mitgespielt. Die Erzieherin kannte diese Wandlung Erwachsener, wenn sie Kinder sehen. Sie beobachtete Klaus genau und wusste auch, dass sich so manchmal große Freundschaften entwickeln. So duldete sie das Treiben. Bis Conny fragte, ob sie mitspielen könne. Klaus erschrak, war sofort wieder auf den Beinen und lief rot an. Aber Conny lachte und hatte es durchaus ernst gemeint. Auch Tim war begeistert, so brachte er endlich seinen Zoo zu Ende.

Waren sie zu viert an den Stadtrand gefahren um sich über die Möglichkeiten einer Adoption zu informieren und ihren eigenen Standpunkt klarzumachen, so fuhren sie jetzt zu fünft wieder zurück. Tim war nicht mehr von Connys Seite gewichen, als sie seinem Zoo noch ein Nilpferdgehege gebaut hatte. Auch beim Mittagessen durften sie zusammen sitzen, was Tim fetzig fand. Das war seine Mama, davon war er jetzt überzeugt. Ganz so einfach war es nicht, Tim mitzunehmen. Aber die Kolleginnen des Heims sprachen sich dafür aus, als sie Näheres von Connys Familie erfuhren. Für eine Nacht, so war abgemacht, durfte er bei seinen neuen Gasteltern bleiben. Und Conny war besonders stolz auf ihren Klaus. Auch Klaus war glücklich, ihm gefiel der kleine Junge. Und er war sicher, Tim würde sich auch mit Sarah gut verstehen.

Als der alte Opel auf den Hof rollte, war es schon fast zwei Uhr. Jürgen und Gabi hatten ganz die Zeit vergessen und weitere Pläne geschmiedet. Helbert erwartete sie bereits, denn er hatte Hunger, wollte sich aber nicht mit einem Fertiggericht zufrieden geben. Gabi brauchte noch eine gute Stunde, in dieser Zeit zogen sich die Männer in den Wintergarten zurück. Die Sonne hatte sich hinter dicken Wolken verkrochen und es begann wieder zu schneien. Helbert beorderte seinen zukünftigen Schwiegersohn an seine Seite und erzählte ihm nach einem Bier endlich das, was ihm schon so lange unter den Nägeln brannte. Jürgen war zum Glück seit gestern Abend im Bilde und so erschrak er nur scheinbar und konnte seinen Chef und Schwiegervater dann beruhigen, die entsprechende Vorsicht walten zu lassen. Was sie in seiner Wohnung getan hatten, behielt er für sich. Helbert war froh und stolz auf seinen Schwiegersohn, er hatte erwartet, dass dieser den Tatsachen wie ein Mann in die Augen sehen würde. Beide waren schon beim dritten Bier, als endlich Gabis Ruf erschallte: 'Das Essen ist fertig!' Es gab Lammkeule mit Rosenkohl.

Nun kann eigentlich nichts mehr schief gehen, dachte Helbert. Jürgen wird die notwendigen Regeln beachten und seine Tochter trotzdem glücklich machen. Helbert hatte sogar eine Taxe bestellt, damit sie nicht mit dem alten Opel auf den Berg fahren mussten. Bis dahin hatten sich die beiden in Gabis Zimmer zurückgezogen. Helbert freute sich, hatte er doch noch gestern Zweifel an seinem Leben und seiner Familienplanung gehabt. Nun sah er voll Zuversicht aus dem Fenster des Wintergartens. Die Schneeflocken ärgerten ihn allerdings, so dass er sich abwand und lieber die Zeichnungen seiner Frau ansah.

Gabi saß auf ihrem Bett und Jürgen auf dem Läufer davor, den Rücken an das Bett gelehnt. Während Gabi Jürgen durch die Haare strich, schweifte sie in Gedanken wieder ab. Sie sah ihre Mutter vor dem Spiegel sitzen und sich ihr schönes Haar kämmen. Aber diesmal wollte sie die Gedanken mit Jürgen teilen. So erzählte sie ganz leise, was sie sah. Jürgen verfolgte die Erzählung und versuchte sich ihre Mutter vorzustellen, aber es misslang. Er hatte nur einmal kurz ein Bild von ihr gesehen. Das reichte nicht, um sie sich jetzt vorzustellen. So begnügte er sich mit der Vorstellung einer schwachen Frau, wie er sie aus Filmen kannte. Gabi beendete ihre Fantasie und stand auf. Da mussten auch ein paar Bilder sein, erinnerte sie sich. Sie kramte in ihrem Schrank, fand aber nichts. Sie überlegte. Dann fiel ihr ein, dass sie die Fotos hinter den dicken Büchern versteckt hatte, als ihre Mutter gestorben war. Vater sollte sie nicht sehen. Sie legte einige dicke Bände auf den Boden und griff nach hinten. Ein ungeordneter Haufen alter Fotos kam zum Vorschein. Auf einer etwas dickeren Unterlage balancierte sie die Fotos zum Bett, um sie ausbreiten zu können. Jürgen erblickte eine schöne Frau auf den Bildern. Nichts deutete auf eine Krankheit hin. Auch seinen Chef erkannte er, deutlich jünger und mit einem vollen Haarschopf. Jürgen war neben Gabi gerutscht, um sie zu einzelnen Aufnahmen etwas fragen zu können. Gabi war auf einigen Bildern als sehr kleines Kind zu sehen. Sie zeigte ihm auch ein Foto von ihrem Bruder. Dann dachte

Gabi an ihren Vater und räumte schnell die Bilder wieder zusammen. Jürgen betrachtete inzwischen die Unterlage, die zum Transport gedient hatte. Er erkannte sie als eines der Bilder, welche ihre Mutter gemalt hatte. Vorsichtig nahm er es in die Hand. Er betrachtete genau ihre Pinselführung und war beeindruckt, wie man mit wenigen gut arrangierten Linien so viel ausdrücken konnte. Gabi wollte die Fotos zuerst auf diese Unterlage tun, zögerte aber und räumte die Bilder mit der Hand in ihren Schrank. Dann stellte sie die dicken Bücher wieder davor und setzte sich neben Jürgen.

Ja, sie konnte sehr gut malen, fand Gabi. Aber ihre Mutter wollte die Zeichnungen nie verkaufen. Helbert hatte die ersten noch im Wintergarten aufgehangen, später hatte er sie auf den Dachboden gebracht. Gabi hatte sich ein Bild vom Dachboden geholt, als ihre Mutter gestorben war. Sie hatte Angst, ihr Vater würde sie wegwerfen und Gabi würde diese Art der Malerei vergessen. Sie hatte das Bild damals vor ihm versteckt und später selbst vergessen. Sie merkte bald, dass auch ihr Vater sich nicht von diesen Zeichnungen trennen konnte. Jürgen wollte es gerade Gabi zurückgeben, da merkte er, dass das Bild ungewöhnlich dick war. Auf der Rückseite war es nicht eben. Er drehte die Zeichnung herum und las den Spruch: 'Nicht vor Winter öffnen!' Gabi hatte sich die Rückseite nie angesehen und dachte zuerst an einen albernen Witz. Aber Jürgen fingerte schon an der Kante entlang und kam zu dem Schluss, dass in dieser Unterlage, die als Zeichenmaterial gedient hatte, etwas stecken müsse. Gabi war ganz aufgeregt, ihre Hände zitterten. Hatte ihre Mutter ihr noch eine Nachricht übermitteln wollen. Doch dann wurde ihr klar, dass diese Nachricht, sollte es sich um eine handeln, nur an ihrem Vater gerichtet sein konnte. Es war die letzte Zeichnung, die die Mutter mit eigener Hand gemalt hatte und sie lag deshalb zuoberst, als sie sich heimlich ein Bild holte.

Jürgen ritzte sehr vorsichtig die eine Kante der Unterlage auf und beförderte tatsächlich einen zweifach gefalteten Zettel zutage. Gabi nahm ihn ganz vorsichtig in die Hand, legte ihn aber sofort wieder hin. Er war nicht für sie bestimmt. Der Adressat saß im Wintergarten und wusste nichts davon. Jürgen hatte eine zweite Kante der Unterlage geöffnet, fand aber weiter nichts. So legte er die Unterlage mit den Pinselstrichen ihrer Mutter unter das Bett und betrachtete den Zettel. Was war ihrer Mutter so wichtig, dass sie es auf diesen Zettel schrieb, aber dann nicht ihrem Mann direkt übergab. Jürgen war sich nicht schlüssig, was er machen sollte. Er wusste, dass sein Chef sehr frei mit der Wahrheit umgegangen war. Seiner Tochter hatte er jahrelang die Krankheit verschwiegen. Was würde er mit dieser Information machen, die so wichtig war, dass ihre Mutter sich diesen Weg der Übermittlung ausgedacht hatte. Jürgen sah Gabi an und Gabi Jürgen. Beide waren ratlos, wurden aber jäh unterbrochen, als laut im Haus der Ruf erschallte, dass das Taxi da sei. Schnell hatte Jürgen den Zettel an sich genommen, bevor man aufbrach.

Das Taxi brachte Gabi und Jürgen nur bis in die Nähe der Baude. Das letzte Stück des Weges mussten sie zu Fuß gehen. Aber sie waren nicht mehr allein. Schon am Parkplatz trafen sie sich mit einigen Klassenkameraden und Jürgen erkannte auch zwei aus dem Motorradclub wieder. Da habe ich wenigstens jemanden zum quatschen, dachte er, wenn Gabi mal mit den Mädels verschwinden sollte. Während unten im Tal der Schnee fast weg war und die neuen Schneeflocken das Grün noch nicht ganz verschwinden lassen konnten, lag hier oben an der Schneebaude noch mindestens dreißig Zentimeter Schnee. Aber das reichte Jürgen, um das Gefühl zu haben, das neue Jahr im Winter begrüßen zu können. Als der Weg etwas steiler wurde, hakte sich Gabi bei Jürgen unter und sie stapften mit vereinten Kräften den mäßig beleuchteten Pfad zum Gipfel. Ganz oben stand die Schneebaude. Sie war ein stabiles größeres Blockhaus mit zwei Etagen. Offiziell hieß sie Schutzbaude, aber die Einheimischen hatten ihr schnell diesen schöneren Namen gegeben.

Auf dem runden Platz vor dem Eingang war in der Mitte eine mit Steinen eingefasste Feuerstelle, in der das Lagerfeuer schon Funken sprühte. Drei Jungs hatten sich aus der Baude ihre Wurst geholt und hielten sie auf langen Spießen ins Feuer. Das Holz knackte romantisch. Gabi stürmte ins Innere der Baude und wurde mit großem Hallo begrüßt. Als Jürgen kurz danach eintrat, erntete auch er ein Hallo. Viele vom Motorradclub kannten ihn und auch einige Angler von früher. Die Baude war sehr rustikal eingerichtet, aber das gefiel den Jugendlichen besonders. Gabi hatte sich einen Tisch an der Treppe herausgesucht und sofort zwei heiße Grog bestellt. Jürgen setzte sich neben sie und erntete oft neidische Blicke anderer Jungs, seiner schönen Begleiterin wegen.

Draußen am Lagerfeuer stehend, starrte Jürgen in die züngelnden Flammen und überlegte. Seit einer Woche steht mein Leben auf dem Kopf, dachte er, und Gabi war der Auslöser. Seit mehr als drei Jahren wusste er von ihr, vor einem Jahr hatte er sich in sie verliebt, aber wieder aus den Augen verloren. Jetzt war sie in sein Leben getreten, hatte ihn angerufen und sein Leben umgekrempelt. Sie war herrlich erfrischend, ganz anders als seine Frau. Aber vergleichen und abwägen wollte er nicht. Gabi war auch anstrengend, das hatte er gemerkt. Ihre Augen hatten ihn verzaubert und eingefangen und nun war er mit ihr in einer Weise verbunden, wie er es keinem anderen Menschen wünschte. Gabi war sein Traum gewesen und die Realität hatte seinen Traum wahr gemacht. Jürgen schloss für einen Moment die Augen. Er wollte Gabi nicht wieder loslassen, war sich aber im Klaren darüber, dass das bei ihrem Temperament nicht so einfach sein würde. Jemand tippte ihn an die Schulter. Er sah sich um und sah in die wunderschönen Augen von Gabi. In ihnen spiegelten sich die Flammen des Lagerfeuers und so sah Gabi aus wie ein Raubtier mit lüsternen Augen, bereit, die nächste Beute zu schlagen. Er nahm ihren Kopf und küsste sie, was sie innig erwiderte. Für Gabi war Jürgen auf diesem Fest so etwas wie ein Ruhepol, zu dem man immer zurückkehren konnte, wenn man genug vom Trubel hatte. Sie hatte viele Freundinnen wieder getroffen und mit ihnen über alte Zeiten geplaudert. Von etlichen Jungs war sie zum Drink eingeladen worden, um ihr zu zeigen, dass sie einst in der Schule von allen begehrt wurde. Jürgen freute sich, der Einzige zu sein, den sie richtig liebte, aber es fiel ihm nicht leicht, sie immer wieder gehen zu lassen. Nur ihre Augen entschädigten ihn stets aufs Neue, wenn sie ihn so ansah.

Als Gabi endlich alle begrüßt hatte, blieb sie bei Jürgen. Der hatte inzwischen Hunger bekommen und mit Gabi eine Wurst am Spieß gebraten. Danach hatte Gabi ihn in die Tanzecke gezerrt und eng umschlungen lange mit ihm getanzt. So war die Zeit schnell vergangen und die Zeiger der Uhren zeigten eine halbe Stunde vor Mitternacht. Jürgen hatte einige Drinks getrunken und war ausgelassen mit Gabi durchs ganze Haus gezogen. Auch das Bier hatte dazu beigetragen und so musste Jürgen wieder mal auf Toilette. Diesmal setzte er sich in eine Kabine, da seine Umwelt schon leichte Kreisbewegungen vollzog. Irgendwie fiel ihm der Zettel von heute Nachmittag in die Hände und er faltete ihn auf, um ihn zu lesen. Wenn Helbert so viele Geheimnisse bewahren konnte, konnte er es auch. Auf dem Zettel standen nur wenige Sätze. Mit einer zittrigen Handschrift hatte Gabis Mutter vor ihrem Tod geschrieben, dass sie Helbert um Verzeihung bat. Sie konnte ihm nicht ins Gesicht sagen, dass Gabi nicht seine Tochter war. Sie hatte eine kurze Affäre mit dem Vater von Klaus, es war sein Kind, aber er ließ sich nicht wieder blicken. So verschwieg sie es. Auch später fand sie nie den Mut und schrieb es auf diesen Zettel, immer auf eine Gelegenheit zur Übergabe hoffend. Jürgen faltete den Zettel langsam wieder zusammen und verstaute ihn gut. Was hatte er da gelesen? Konnte es sein? Hastig zog er seine Hose hoch, der Gürtel wollte nicht gleich schließen. Klaus war also Gabis - Halbbruder? Seine Gedanken begannen zu rasen und der Alkohol verhinderte, dass er wieder einen klaren Kopf bekam. Er ging zum Waschbecken und drehte den Wasserhahn auf. Das kalte Wasser im Gesicht tat gut und er fragte sein Spiegelbild, ob diese Zeilen echt waren.

Gabi bekam einen Schreck, als sie Jürgen so aus der Toilette kommen sah. Sie trocknete ihm das Gesicht und sah in seine Augen. Aber die waren nicht gläsern wie bei einem, der zuviel zu sich genommen hatte. Es waren diese tiefen Augen, die sie so über alles liebte und die etwas sagen wollten, was mit Worten schwer auszudrücken war. Jürgen atmete hastig, aber er brachte kein Wort heraus. Was los war, wollte sie wissen, aber er sagte kein Wort, sondern kramte nur in seinen Taschen. Er zog den Zettel hervor und Gabi wusste sofort, dass er ihn gelesen haben musste. Sie nahm ihn schnell an sich und faltete das Papier auseinander. Als sie den Zettel überflogen hatte, liefen ihr Tränen über die Wangen. Jürgen drückte Gabi an seine Brust. Auch bei Gabi begannen sich die Gedanken zu drehen. Ihr Vater, der von ihr so geliebte Vater war - nicht ihr Vater? Sie spürte kurz eine Wut gegen ihre Mutter, als Gabi sie sich dann aber vorstellte, schwach und zerbrechlich, verstand sie ihre Mutter. Aber warum hatte sie so lange geschwiegen? Warum? Gabi fand keine Antwort. Jürgen hatte mit Gabi das Haus verlassen. In einer dunklen Ecke sah er sie an. Vor ihm stand ein kleines Mädchen, das gerade von ihrer Familie verstoßen worden war. Gabi lehnte sich an Jürgen. Er war jetzt ihr Anker, er musste sie aus dieser Lage befreien. Ihrem Vater konnte sie nicht mehr vertrauen. Aber war es ihr Vater? Sie fing wieder an zu schluchzen. Jürgen hatte den gefalteten Zettel noch in der Hand. Er ging mit Gabi langsam zum Feuer, um sich zu wärmen. Und er nahm den Zettel zwischen Daumen und Zeigefinger und blickte Gabi an. Sie nickte und im nächsten Moment war der Zettel ein Opfer der Flammen geworden. Nun kannten nur noch sie beide dieses Geheimnis.

Zehn Minuten vor Mitternacht, die Sektflaschen waren schon geöffnet und auch Gabi und Jürgen saßen wieder an ihrem Tisch, trafen Klaus und Conny ein. Gabi erschrak zuerst, dann warf sie sich Klaus um den Hals und fing wieder an zu heulen. Klaus stand wie verdattert, auch Conny guckte dumm. War etwas mit Jürgen, hatte er ihr wehgetan? Sie sahen zu Jürgen, aber er lächelte nur, was die beiden nun völlig irritierte. Klaus wollte es nun genau wissen, befreite sich von Gabi und setzte sie auf den Stuhl zurück. Selbst nahm er sich einen anderen und setzte sich rittlings ihr gegenüber. Mit ernster Mine sah er Gabi an und fragte, was los sei. Gabi hatte ihre Tränen mit den Pulloverärmeln getrocknet und sah Klaus an. Diesen Blick kannte

Klaus aus Kindertagen, als er mit ihr spielte und ihr wieder etwas Neues eingefallen war. Was hatte sie so verschreckt? Hatte es etwas mit Jürgen zu tun? Gabi sah Klaus an, dann funkelten ihre Augen und sie küsste ihn kurz auf die Stirn. Geschwister dürfen das, hatte sie angefügt und zu lachen angefangen. Außer Jürgen wusste keiner was das sollte. Aber Gabi klärte die Neuankömmlinge schnell auf. Conny war sprachlos. Entpuppte sich doch die erst gestern gewonnene Freundin plötzlich als Schwägerin. Klaus muss geguckt haben wie Jürgen damals am See. Erst der gemeinsame Countdown der letzten zehn Sekunden des alten Jahres brachte ihn wieder zurück und gemeinsam stießen sie auf das neue Jahr an.

Neujahrsbraten für alle - 1. Januar

Es war schon zwei Uhr durch, als sich die vier Freunde auf den Heimweg machten. Conny hatte nur am Sekt genippt, so konnten sie mit ihrem Auto wieder zurückfahren. Sie hatte erzählt, dass die Babysitterin sie losgeschickt hätte, als Tim und Sarah eingeschlafen waren. Die beiden sollten sich nun doch noch in der Baude vergnügen. Und Klaus war froh über diese Entscheidung, hatte er doch auf dem Gipfel und pünktlich zum Jahresbeginn noch eine Schwester bekommen. Als Conny die beiden bei sich absetzte, war das Treffen schon vereinbart. Jürgen und Gabi standen vor der Tür und sahen sich in die Augen. Kann es etwas Schöneres geben, als dass alte Sorgen plötzlich von einem abfallen? Sie küssten sich und sahen sich wieder an. Ihre Augen sprachen aus, was auch Jürgen dachte und beide verschwanden im Gästezimmer des Hauses.

Als Helbert aus dem Fenster sah, war die Erde erneut weiß bedeckt. Das bedeutet wieder Schneeschippen, dachte er. Er öffnete das Fenster, um die klare Luft für einen Augenblick in sein Zimmer zu lassen. Es war auch die Luft des neuen Jahres. Er versuchte, an irgendeinem Duft zu deuten, was sie wohl bringen sollte. Aber er erkannte nur den allzu bekannten Geruch der angrenzenden Felder, in denen das Winterkorn heranwuchs. Helbert hatte gestern, als das Taxi verschwunden war, den Fernseher angemacht und unruhig über die Programme gezappt. Kein Programm konnte ihn länger als fünfzehn Minuten begeistern und als es endlich Mitternacht war, stieß er seine siebte Bierflasche in die Höhe und grölte Prosit Neujahr. Was wird wohl dieses Jahr bringen, waren seine letzten Gedanken, als er kurz darauf ins Bett fiel. Das morgendliche Poltern in der Küche versprach einen guten Anfang. Er zog sich zum Feiertag extra etwas eleganter an, er wollte Eindruck auf seine Tochter und seinen zukünftigen Schwiegersohn machen. Auch Gabi strahlte, als ob sie der Beautyfarm entstiegen war. Ihr knapper Pulli auf dem roséfarbenen Hemd wirkte unwiderstehlich. Sie lächelte ihn an und umarmte ihn. Ein kurzer Kuss auf seine Wangen bestätigtem ihm, dass seine Tochter glücklich war. Jürgen kam etwas zerzaust zum Frühstück, aber das wurde ihm verziehen.

Bevor Jürgen den Schnee auf dem Hof zur Seite schob, fuhr er sein Auto auf die Straße, um für die Gäste Platz zu machen. Helbert war informiert, dass er Gäste erwarten durfte, mehr wurde aber nicht verraten. Gabi machte sich in der Küche zu schaffen, um ein großes Mittagessen zu zubereiten, während Jürgen und Helbert den Tisch vergrößerten, damit alle Gäste Platz finden konnten. Während beide den Tisch eindeckten, fragte Helbert neugierig, aber er bekam keine weiteren Informationen. So gegen elf Uhr klingelte es endlich an der Haustür und Helbert öffnete selbst. Klaus stand draußen, hinter ihm seine Familie. Helbert umarmte Klaus und bat alle herein. Tim hatte Sarah an der Hand und sie ließ sich von ihm führen. Er war eindeutig jünger als Sarah, aber er hatte sofort die Rolle des großen Bruders übernommen. Klaus stellte seine Frau Conny vor und Helbert musterte sie kurz, war aber recht zufrieden mit seiner Wahl. Auch seine Mutter hatte Klaus mitgebracht. Die alte Dame war sehr erfreut, Helbert kennen zu lernen, hatte doch Klaus mit ihr heute Morgen persönlich gesprochen und Gabi als seine Schwester vorgestellt. Die alte Dame wusste bisher nur, dass es damals eine Frau aus dem Ort war. Mehr hatte sie nie herausbekommen. Sie hatte es auch fast vergessen und ihrem Mann ja längst verziehen. Nun stand sie dieser Gabi gegenüber und umarmte sie, als ob es ihr Kind wäre.

Der Neujahrsbraten war längst verputzt und man hatte angestoßen auf das Neue Jahr, auf die Zukunft und auf die Liebe. Helbert war froh, damals diesen Jürgen in seine Firma eingestellt zu haben. Er hatte sich nicht nur in der Firma zu einer Vertrauensperson entwickelt, sondern auch persönlich. Helbert wusste, dieser Jürgen wird seine Tochter glücklich machen, auch unter Berücksichtigung des möglichen Risikos. Dass diese Berücksichtigung nicht nötig war, ja dass seine hübsche Tochter nicht sein Fleisch und Blut war, das sollte er nie erfahren. Aber, so dachte Jürgen, ein Chef muss eben nicht alles wissen.

Ein Jahr später trafen sich wieder alle bei Helbert. Diesmal aber schon zur Weihnachtsbescherung. Gabi wohnte unterdessen bei Jürgen, war aber sehr oft bei ihrem Vater. Und sie war schwanger. Nun wurde es endlich Zeit, Helbert die ganze Wahrheit zu erzählen. Aber das ist eine andere Geschichte …

*** Ende ***

Nachwort: Maddie

Ohne während des Schreibens zu wissen, wer sie war oder wo ich sie gesehen hatte, musste ich doch an Maddie denken und ihre tiefen dunklen Augen. Mit dieser Vorstellung ist meine Erzählung entstanden und erst zwei Monate nach Fertigstellung habe ich heraus gefunden, wer sie war. Sie war das *Mädchen True* in der TV-Serie **Earth 2**.
Vier Monate nach Fertigstellung starb
J. Madison Wright unerwartet im
Juli 2006 mit nur 21 Jahren.

Alexander
Fakoo

Januar 2024

siehe fakoo.de/gabi

172